世界ひげ大会 初代チャンピオン
（紀元前50年）

1180年代の伝説のあごひげ

世界一のひげ。
むかしも今もこれからも、ライバルはいない

アートな口ひげ
（1942年）

口《くち》ひげが世《せ》界《かい》をすくう?!

ザラ・ミヒャエラ・オルロフスキー 作
ミヒャエル・ローハー 絵
若松宣子 訳

岩波書店

First published 2016 by Picus Verlag Ges.m.b.H., Vienna, Austria.
This Japanese edition published 2017
by Iwanami Shoten, Publishers, Tokyo
by arrangement with Picus Verlag Ges.m.b.H., Vienna,
through Japan UNI Agency, Inc., Tokyo.

描《か》き文字《もじ》　大黒芙実子《だいこくふみこ》

1

五月《ごがつ》の、とてもあつい日《ひ》のことでした。

プール開《びら》きは、とっくにすんでいます。

たったいま、のっぽのロレンツが、三《さん》メートルのジャンプ台《だい》からプールにとびこみました。

おさげのジータは、エアーマットにつかまって、広《ひろ》いプールをぐるぐるまわっています。おなかまで水《みず》につかっているのに、あせびっしょりです！

それほど、あつい日《ひ》のことでした。

一年B組《いちねんビーぐみ》の子《こ》どもたちは、みんな、プールにおよぎにきています。

でも、たったひとり、きていない男《おとこ》の子《こ》がいました。

ヨナタンという名《な》まえの男《おとこ》の子《こ》です。

およぐのが大《だい》すきなので、プールにきていたら、ジャンプ台《だい》からとびこんであそんでいたでしょう。

でも、きょうだけは、こられなかったのです。

ジータは、ひと休《やす》みしにきた、のっぽのロレンツにいいました。

「ねえ、きいた？　ヨーヨーのおばあちゃん、しんじゃったんだって」

ヨーヨーというのは、ヨナタンのことです。

11

2

だれも、ヨナタンのことを、ヨナタンとはよびません。みんな、**ヨーヨー**とよびます。さいしょの「ヨー」を、つよくいいます。

けれども、みんなはじめは、そういうふうに、ちゃんとよんでくれません。

ヨーヨーがすんでいる、オーストリアという国《くに》の人《ひと》たちは、ドイツ語《ご》を話《はな》します。ドイツ語《ご》ではＪＯＪＯとかいて、**ヨー**ヨーとよむのですが、みんな英語《えいご》の勉《べん》

強《きょう》のしすぎで、JOJOを英語《えいご》みたいにジョージョーといったりします。でもヨーヨーには、それががまんできません。ジョージョーなんて、サーカスのおさるみたいです。

さいあくなのは、フリーダのママです。フリーダのおたんじょう日《び》のパーティのときには、みんな、名《な》ふだをつけました。フリーダのママは、ヨーヨーの名《な》ふだをみると、わらって、こういったのです。

「まあ、すてき、ヨーヨーっていうの？　子《こ》どものころ、おばさんもヨーヨーをもっていたわよ！」

ヨーヨーは、フリーダのママのことが、きらいではありません。それにおもちゃのヨーヨーも、きらいではありません。ただ、おもちゃと同《おな》じいいかたで名《な》まえをよばれるのは、いやなのでした。

「みんなには、**ヨー**ヨーってよばれるんです」

　フリーダのママは、よくわかっているわ、という顔《かお》で、うんうんとうなずきましたが、すぐに、こうきいたのです。

「もっとケーキたべる？　ヨー**ヨー**？」

　きょうのパーティは、フリーダのママが、すっかりじゅんびしてくれました。ケーキはとてもおいしかったし、みんなでたのしくゲームもしました。フリーダのママは、たぶん、おばかさんではありません。ただ、**ヨー**ヨーの名《な》まえを、ちゃんといえないだけなのです。

ヨーヨーのおじいちゃんは、名《な》まえがどれだけ大切《たいせつ》か、だれよりもよくわかっています。

おじいちゃんは、ヘリベルトという名《な》まえです。

もしだれかが、かってにリをルにかえて、ヘルベルトとよんだりしたら、おじいちゃんは、かんかんになることでしょう。

でもたいてい、おじいちゃんは、かんかんになったりしません。おこっているひまなんてないのです。一日《いちにち》じゅう、いそがしく、いろいろ、すてきなことをしています。ぼうしをつくったり、馬《うま》やきょうりゅうのおきものをほったり、

森《もり》でかわいた小枝《こえだ》をひろってきて、たき火《び》をして、ソーセージをあぶったりするのです。

たき火《び》は、すくなくとも週《しゅう》に一回《いっかい》。冬《ふゆ》のさなかでも、かわりません。

さあ、はじめましょう。

まず、ソーセージを、さきのとがった長《なが》い木《き》のくしにさします。

つぎに、たてやななめに切《き》りこみをいれて、カメのこうらのようにします。

それから火《ひ》であぶると、ソーセージはパッとはじけて、おしまいに、小《ちい》さなワニのようになるのです。

こうしたことをぜんぶ、おじいちゃんは、だまったままやります。

おじいちゃんはつくる人《ひと》で、アナウンサーではないのです。

ヨーヨーもつくる人《ひと》になれたらいいな、と思《おも》っていました。

でも、おじいちゃんとちがってヨーヨーは、いろいろつくりながら、たくさんおしゃべりをします。

学校《がっこう》であったことを話《はな》したいのです。

リスをみたこと、リスがひどくおこっていたこと。もしかしたら、リスはどこかに子《こ》リスをかくしていて、ヨーヨーを追《お》いはらいたかったのかもしれません。

ヨーヨーは、そういう話《はなし》をおばあちゃんにするのが、大《だい》すきでした。森《もり》でかくれて、「じーっと、そーっと、しずかに、リスをみていてごらん」と教《おし》えてくれたのは、おばあちゃんです。

おばあちゃんのいうとおりにしたら、リスの巣《す》は、ちゃんとみつかりました。二《に》ひきの子《こ》リスが、ちょろ

ちょろしています。とっても小《ちい》さくて、びっくりするくらいかわいいリスでした。

その日《ひ》、ヨーヨーはわくわくして、ソーセージを四本《よんほん》、ぺろりとたべました。


おばあちゃんは、おじいちゃんがあぶったソーセージが大《だい》すきでした。

それに、おじいちゃんがほる、おきものも。

とくに、小《ちい》さいヒツジのおきものがお気《き》にいり。

おじいちゃんは、おばあちゃんが大《だい》すきでした。

おばあちゃんが病気《びょうき》になったとき、おじいちゃんはないていました。

ヨーヨーはそれを、キッチンのまどからみていたのです。おばあちゃんの病気《びょうき》はとてもおもくて、とうとう、なにも話《はな》せなくなってしまいました。

とはいえ、話《はな》せないのは、そんなにつらいことではありませんでした。

大《だい》すきという気《き》もちをつたえるには、ことばなんていりません。気《き》もちだけでつたわります。

けれども、おばあちゃんは、しんでしまいました。それは、とてもつらいことでした。

3

そのあとも、たいていのことは、なにもかわりませんでした。
ヨーヨーは学校《がっこう》からかえってくると、いつものように、下《した》の階《かい》のおじいちゃんの家《いえ》にいきます。ふたりでスープをあたためて、パンにバターをぬってたべてから、ヨーヨーは宿題《しゅくだい》をします。いつものように。それでもいまは、なにもかも、どこかがちがいます。

おばあちゃんがいません。

みんな、とてもさみしい気《き》もちです。

パパは、かみを切《き》ってくれる人《ひと》がいなくなりました。

ママは、花《はな》に水《みず》をあげてくれる人《ひと》がいなくなりました。

ヨーヨーのおねえちゃんのロッテは、学校《がっこう》の宿題《しゅくだい》のあみものやししゅうを、ないしょでかわりにやってくれる人《ひと》がいなくなりました。

ヨーヨーは、学校《がっこう》がおわってすぐに、その日《ひ》のできごとをきいてくれる人《ひと》がいなくなりました。

でも、いちばんさみしいのは、おじいちゃんでした。

おじいちゃんは、みんなのことが大《だい》すきです。ヨーヨーも、ロッテも、ヨーヨーのママもパパも。

ただ……いまは、**いちばん**すきな人《ひと》がいなくなってしまったのです。


おばあちゃんがいなくなってから、おじいちゃんはひまになりました。時間《じかん》はたっぷりあります。

それなのに、まえほど、いろいろなことをやらなくなりました。

ずっといすにすわって、新聞《しんぶん》ばかりよんでいます。

きっと、新聞《しんぶん》を二回《にかい》よんでいるんだろう、とヨーヨーは思《おも》っています。もしかすると、はじめはまえから、つぎはうしろからよんでいるのかもしれません。そのせいで時間《じかん》がかかるのでしょう。

おじいちゃんは時間《じかん》をかけて、ゆっくり新聞《しんぶん》をよみます。ヨーヨーが数字《すうじ》に五《ご》

を足《た》していく計算《けいさん》をして、つぎに五《ご》を引《ひ》いていく計算《けいさん》をして、リスについての文《ぶん》章《しょう》を三《みっ》つかいて、道徳《どうとく》の授業《じゅぎょう》のための絵《え》をかいても、まだ新聞《しんぶん》をよんでいます！

ヨーヨーは新聞《しんぶん》が、あまりすきではありません。新聞《しんぶん》のせいで、おじいちゃんはあそんでくれないからです。

ところが、この新聞《しんぶん》のおかげで、おじいちゃんとヨーヨーは、大《だい》ぼうけんをすることになるのです。

4

いつもとかわらない昼《ひる》すぎ、それは、あともうすこしで夏休《なつやす》みという日《ひ》のことでした。

お日《ひ》さまはきらきらかがやいていて、ヨーヨーはおじいちゃんといっしょに、小川《おがわ》でダムをつくったり、ソーセージをあぶったりしようと思《おも》っていました。けれどもおじいちゃんはまた、新聞《しんぶん》にむかっています。ヨーヨーはそのとなりにすわって、ひまだなあ、とテーブルをこつこつたたいていました。

「おっ！」おじいちゃんがいきなり大声《おおごえ》をあげて、新聞《しんぶん》をテーブルにパン！とおきました。

ヨーヨーはびっくりして、おもらしをしそうになりました。

もちろん、しそうになっただけです。あぶないところでした。

おじいちゃんは立《た》ちあがって、ぼうしをとると、家《いえ》をでていきました。

まどからヨーヨーがのぞくと、おじいちゃんは車《くるま》にのりこんで、どこかにでかけていったのです。

ヨーヨーの口《くち》は、ぽかんとあいたままでした。

おばあちゃんがいなくなってから、おじいちゃんが車《くるま》にのるなんて、はじめてのことです。もちろん車《くるま》ででかけることも。

なにかをすることもです。

このところ何週間《なんしゅうかん》も、おじいちゃんは、新聞《しんぶん》をじっとにらんでいるだけでした。

いま、新聞《しんぶん》をにらんでいるのはヨーヨーです。おじいちゃんがよんでいたところが、ひらいたままになっています。

広告《こうこく》らんです。

小《ちい》さい字《じ》がびっしりならび、車《くるま》や家《いえ》やイヌの小《ちい》さな絵《え》や、電話番号《でんわばんごう》がたくさんのっています。

おじいちゃんは、イヌをかいたいのでしょうか？　イヌがいれば、さみしさもまぎれます。

それで、車《くるま》ででかけたのでしょうか？

2015年6月19日(金)
シャーマンによる
人生相談、人生占い
シーファー・ヴォルフ
シャーマンセンターにて 01.528.3
ねがいです
この犬の
家族になっ?!
毎朝新聞
広告
おわらいサービス
おでんわください
0800.869869 (70セント/分)
世界最高のおわらいを楽しめます!
《わっはっは!》
ノミの市
アルテ美術館前 広場にて 8:00~17:00
ネコのあかちゃん、さしあげます
02739/28 43 43567
モデル・オーディシ
ステージに立つのはだれ
フーヴァー伯爵通り
タパス
バー・カフェ
ノンアルコール・カクテル
ファンケンファイフェン広場
日~金 17:00
物保護
にゃん
ター
39A
17:00
月~金
方不明
さがしています
02828/
さしあげ
家事おまかせください
経験豊富です
ヘルムート 0664・73286748
切手コレクション
ご興味ある方
ご連絡ください
0830/273244108-0
賃貸情報
3LDK、庭つき
全室フローリング
おとくな物件
こだわり不動産
見学いつでもOK
レシピ

リベルトの
手帳
毎朝新聞
家売ります 古い建物ですが状態は良好です。
フォアアールベルク州 50万ユーロ
市民不動産
世界ひげ大会
今年も開催！ひげのワールドカップ！
口ひげ ほおひげ あごひげなど
どんなひげも大かんげい。
ひげじまんのみなさん、集まれ！
www
毎週
金曜日
薬草をいっしょに
さがしましょう
ゼップ・フーバー
2015年7月11日(土)
ご連絡お待ちしています
でんわ：012-093
マッチ箱ミニカーの
イライラしない方。
おまちしております。
08866/2252 779
ルームメイト
募集中
いつでも
なんでも
家事やります！
02714・881
または
06650・73371
13,000ユーロから
3221・2369・9125
犬売ります
でんわ 0660 3315
洗面器売ります
中古ですが美品。ふちがすこしかけています。
・01-7744
伝統的なタイ式マッサージ
タントラマッサージをします。予約応相談。
ウシーのマッサージ計画 0913 77
さがしています
ラファエル
経験ゆたかな
シフレ：779

ママとパパが、しごとからかえってきました。

ヨーヨーはじぶんの荷物《にもつ》をもって、二階《にかい》にあるじぶんの家《いえ》にかえりました。

おじいちゃんが車《くるま》ででかけたことに、だれも気《き》づいていません。

しばらくして、ロッテが柔道教室《じゅうどうきょうしつ》からかえってくると、ママがいいました。

「ロッテ！　くつをぬぐまえに、おねがいだから、おじいちゃんのところにいって、夕《ゆう》ごはんができたって、いってきてくれない？」


「いま、おじいちゃん、いないよ」とヨーヨーがいいますが、だれもきいていません。パパはガチャガチャ音《おと》をたてながら、おさらをならべていて、ママはパパに、しごとの話《はなし》をしています。ロッテはどちらにしても、いつもヨーヨーの話《はなし》をきいてくれません。

ロッテは台風《たいふう》みたいに、げんかんからとびだし、やっぱり台風《たいふう》みたいに、すぐにまたもどってきました。空《そら》をとんでいるみたいに、げんかんのカーペットの上《うえ》を走《はし》ってきます。いつも元気《げんき》いっぱいです。

「おじいちゃんが、いない！」と、ロッテが大声《おおごえ》でいいます。こんどは、みんなに声《こえ》がとどきました。

とたんに、みんながぴたっととまり、しーんとしずまりかえりました。ネズミがはしる音《おと》まできこえそうです。

パパとママが、顔《かお》をみあわせます。

「どういうことだい、いないって……」と、パパ。

「いない、いないの」

と、ロッテがはあはあ、息《いき》を切《き》らしながらこたえました。

「まさか、おじいちゃん……」

ママがそういいかけたとき、げんかんのドアがひらいて、おじいちゃんがはいってきました。

くつをぬいで、テーブルにつくと、おなべのふたをとって、ゆげのたっているアイアーノッケル(たまごのパスタ)のにおいをかぎます。ヨーヨーはほっとして、おじいちゃんのとなりにすわると、みんなにいいました。

「どうしたの？　さあ、ごはんの時間《じかん》でしょう。たべないの？」

ヨーヨーはできるかぎりいそいで、ごはんをたべてしまいたいのです。だって、おじいちゃんがどんなイヌをつれてきたか、みにいかなくてはなりませんから。

5

ヨーヨーは、パジャマにすっかり着《き》がえおわり、もういちど、おじいちゃんの家《いえ》に大《おお》いそぎでむかいました。

そっとしずかにドアをあけると、へやにすべりこみ、いそいでドアをしめます。子《こ》イヌがにげださないようにしたのです。

ヨーヨーは耳《みみ》をすましました。

ワンワンなく声《こえ》も、クンクンいう声《こえ》も、ほえるような声《こえ》もきこえません。ただ、紙《かみ》がカサカサいう音《おと》がするだけです。

子《こ》イヌがおじいちゃんと、新聞《しんぶん》であそんでいるのでしょうか。

ヨーヨーはリビングにはいりました。おじいちゃんがテーブルについています。字《じ》をよむときにつかうメガネが鼻《はな》にのっていて、そのメガネのおくの目《め》は、とてもほそくなっています。おじいちゃんがとても集中《しゅうちゅう》しているしょうこです。

なにかよんでいます。いつもと同《おな》じです。

けれども、いまよんでいるのは、新聞《しんぶん》ではありません。

おじいちゃんのまわりには、大《おお》きなハコや小《ちい》さなハコ、大《おお》きなカンや小《ちい》さなカン、いろいろな大《おお》きさのチューブや、ビンが山《やま》づみになっていて、ハコカンチューブビン町《まち》ができあがっているではありませんか。

「おじいちゃん、イヌはどこ?」ヨーヨーは、どきどきしながらききました。

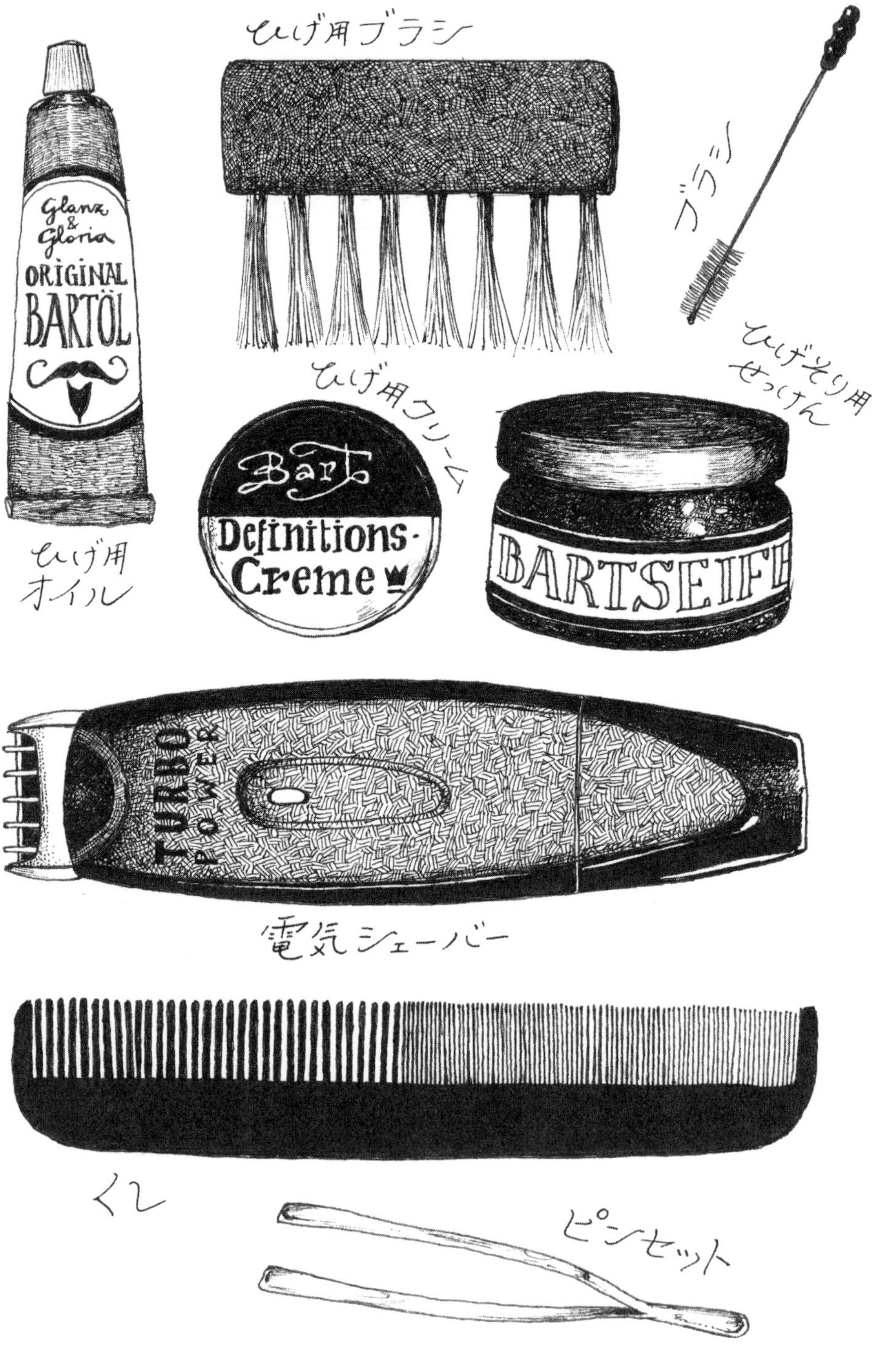

ひげ用ブラシ
ブラシ
Glanz & Gloria
ORIGINAL BARTÖL
ひげ用オイル
ひげ用クリーム
Bart
Definitions-Creme
ひげそり用せっけん
BARTSEIFE
TURBO POWER
電気シェーバー
くし
ピンセット

ひげ用シャンプー
beard
BARTSHAM
ひげ用はさみ
ひげそり用ブラシ
ひげ用ワックス
Bart
WACHS
ROYAL
AFTER
SHAVE
MEN
アフターシェーブ
ローション
かみそり

「シーッ」とおじいちゃんはいいましたが、それっきり、なにもいいません。

ヨーヨーはテーブルにちかづきました。

ハコカンチューブビン町《まち》を、じっくりながめます。


このとき、ぱっとひらめいたことがありました。

ざんねんなひらめきです。

イヌはいないのです。小《ちい》さいイヌも、大《おお》きいイヌも、すてられていたイヌも、お店《みせ》でうられていたイヌもいないのです。おじいちゃんは、ここに山《やま》づみになっている、ひげ用《よう》のクリームや、ジェル、ブラシやはさみをかってきたのです。ほかには、なにもありません。

「おじいちゃん。いったい、なにしてるの？」

ヨーヨーは思《おも》わず、がっかりした声《こえ》をだしてしまいました。声《こえ》にかなしみがこもっています。

すくなくとも、ヨーヨー本人《ほんにん》には、かなしい声《こえ》だとわかります。

おじいちゃんはうなって、いいました。

「ひげのチャンピオンになろうと思《おも》うんだよ。さあ、ヨーヨーはねる時間《じかん》だぞ」

6

おじいちゃんが、ひげのチャンピオンになりたいと考《かんが》えていることを、ヨーヨーはだれにも話《はな》しませんでした。ベッドにはいって、半分《はんぶん》かなしい気《き》もちになりました。イヌがいなかったからです。でもあとの半分《はんぶん》は、うきうきした気《き》もちでした。おじいちゃんが、もうすぐ有名《ゆうめい》になるからです。

しかも、この話《はなし》をしっているのは、ヨーヨーだけ！

もちろん、ずっといつまでもヨーヨーだけ、というわけにはいかないでしょう。

あしたは火曜日《かようび》。ユッタおばさんがやってきます。毎週火曜日《まいしゅうかようび》、おじいちゃんの家《いえ》のそうじをしてくれるのです。

はじめにユッタおばさんは、洗面所《せんめんじょ》のたなをかたづけました。いつもは、あっというまに、きれいにしてしまいます。たなには、なにものっていないからです。

けれどもきょうのたなは、ひげ用《よう》のクリームやジェルや、ブラシやはさみなどでいっぱいです。

つづいてユッタおばさんは、洗面台《せんめんだい》の上《うえ》にある、かがみをみがきました。こちらもいつもだったら、あっというまに、きれいにしてしまいます。おじいちゃんは歯《は》みがきのときに、口《くち》からつばをとばさないからです（つまり、入れ歯《いればば》をはずして、薬《くすり》がはいったコップに、ぽいと歯《は》をほうりこむだけなのです）。

けれどもきょうは、新聞《しんぶん》の小《ちい》さい広告《こうこく》らんの切《き》りぬきが、かがみのまんなかに

COOL MEN
ひげのお手入れに
ばんそうこう
かみそりの刃
死海の塩
シェービングフォーム
世界ひげ大会
今年もW杯！ひげのワールドカップ!!
口ひげ、ほおひげ、あごひげなど
どんなひげも大かんげい。
ひげじまんのみなさん、集まれ！
お申し込みは
ハガキかインターネットで
www
MEN IN BLACK
シェービング
ローション
Shave
美しいひげのために
ひげ用オイル
NEW
シェー
せんざい
レモンの香り

はってあるではありませんか。

なんと、「世界《せかい》ひげ大会《たいかい》」にでる人《ひと》をあつめる広告《こうこく》です！


そこでユッタおばさんは、ひとつひとつを考《かんが》えあわせて、二時間後《にじかんご》、ヨーヨーのママに話《はな》しました。五分後《ごふんご》にはパパがそれをきき、ばんごはんのときにはロッテがきいて、あくる日《ひ》には、学校《がっこう》じゅうの子《こ》がこの話《はなし》をしっていました。


「おーい！」のっぽのロレンツが休《やす》み時間《じかん》に、ろうかのむこうで大声《おおごえ》でいいました。

「ヨーヨーのおじいちゃん、ひげチャンピオンになるんだってさ！」

「えっ？　スケート・チャンピオン？」おさげのジータがききかえします。

「ひ・げ・チャンピオンだよ！」のっぽのロレンツが大声《おおごえ》でこたえます。

ヨーヨーは顔《かお》がまっ赤《か》になりました。

「ひげの世界《せかい》チャンピオンだよ」とつぶやきますが、だれもきいていません。

「なあに、それ。だけど、ヨーヨーのおじいちゃんのあご、赤《あか》ちゃんのおしりみたいに、つるつるじゃない！」

と、ジータはわらいます。

ヨーヨーの顔《かお》はさらにまっ赤《か》になりました。

まず、みんながヨーヨーのことを、じっとみているからです。

つぎに、ジータが、おじいちゃんのことをばかにして、わらったからです。

しかも、ジータのいうとおりだったからです。おじいちゃん

のあごには、ひげは一本《いっぽん》もはえていません。それなのに、ひげの世界《せかい》チャンピオンになんてなれるでしょうか。

午前中《ごぜんちゅう》ずっと、ヨーヨーの頭《あたま》は、ひげのことでいっぱいでした。

どうしたらいいのか、さっぱりわかりません。あんまりなやみすぎて、頭《あたま》がいたくなってしまいました。そこでノートからページを一《いち》まいやぶって、えんぴつをとりました。

「なやんだときは、ノートにかいてみるといいぞ。頭《あたま》のなかでごちゃごちゃになっている問題《もんだい》をかいてみるんだ」

と、おじいちゃんはいつもいっています。

ヨーヨーは、そのとおりにやってみました。

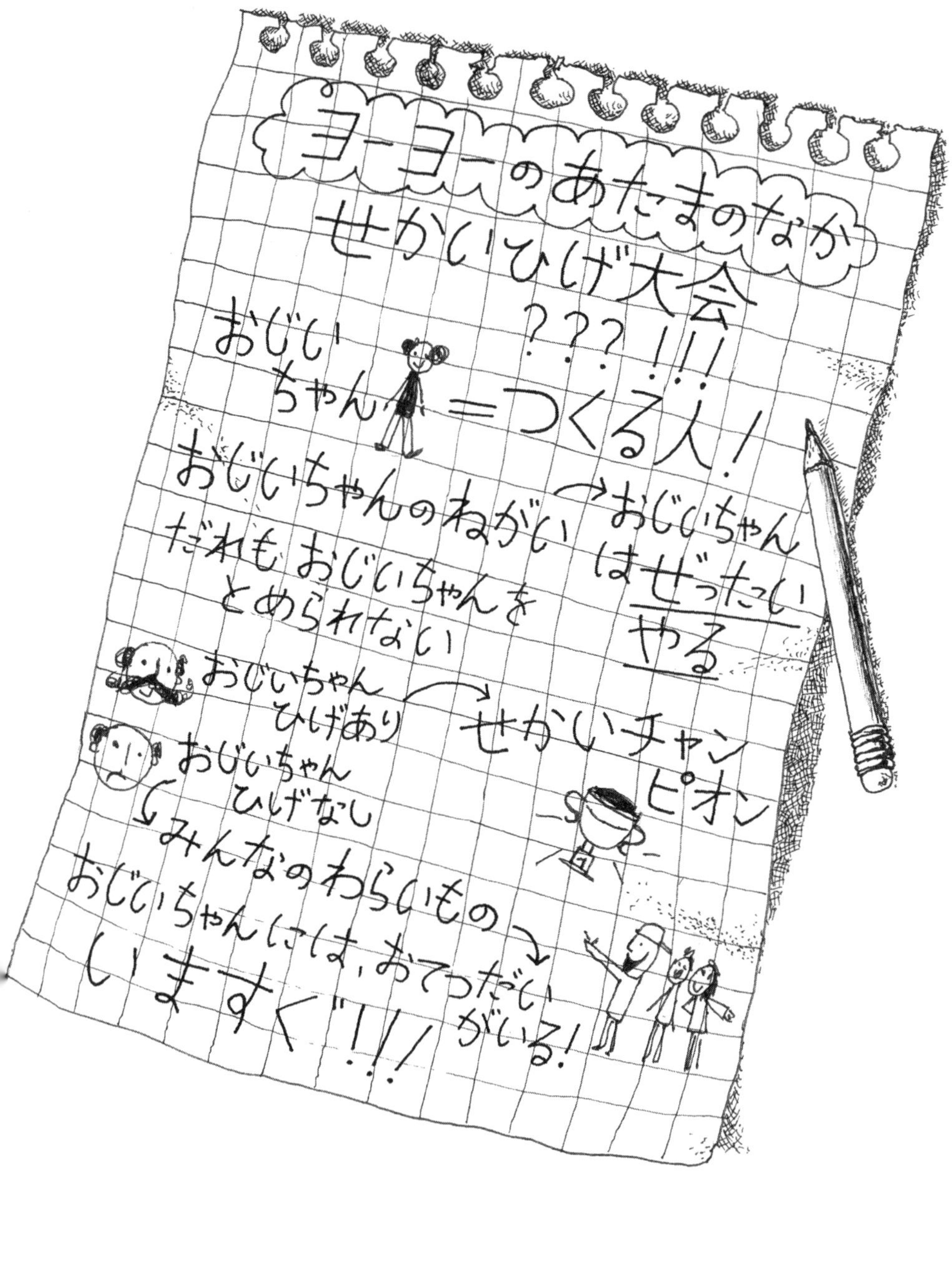
ヨーヨーのあたまのなか
せかいひげ大会
???!!!
おじいちゃん＝つくる人！
おじいちゃんのねがい→おじいちゃんはぜったいやる
だれもおじいちゃんをとめられない
おじいちゃんひげあり→せかいチャンピオン
おじいちゃんひげなし
→みんなのわらいもの
おじいちゃんには、おてつだいがいる！
いますぐ!!!

ようやく、なにが問題《もんだい》なのか、はっきりわかりました。おじいちゃんを手《て》つだわなくてはなりません。計画《けいかく》をたてることが、だいじです。

7

放課後《ほうかご》、ヨーヨーはひどくあわてていました。チャイムがなったとたん、走《はし》りはじめます。「じゃあね！」ともいわず、道《みち》にころがっている石《いし》をあちこちけることもなく、公園《こうえん》で立《た》ちどまりもしません。リスがいたのに、ちらっとみることさえしませんでした。

ひたすらまっすぐ、家《いえ》にむかって走《はし》ります。

家《いえ》につくと、ヨーヨーはパソコンのまえにすわりました。

ゆびでキーをたたきます。

まえにパパから、インターネットで検索《けんさく》してしらべる方法《ほうほう》を、おそわりました。検索《けんさく》もだいじですが、おねえちゃんのロッテは、インターネットで検索《けんさく》して、ひつようなことをみつける方法《ほうほう》を、おしえてくれました。

いまはまさに、それが役《やく》だちそうです。

あれこれ検索《けんさく》して、つぎつぎひつようなことをみつけていきました。ずいぶん時間《じかん》がかかって、目《め》がしょぼしょぼします。でもようやく、ヨーヨーは、にっこりうなずいたのでした。

プリンターが、紙《かみ》を一《いち》まい、はきだします。その紙《かみ》をもって、ヨーヨーはリスのようにすばしっこく、下《した》の階《かい》のおじいちゃんの家《いえ》にとんできました。

おじいちゃんは、洗面所《せんめんじょ》のかがみのまえに立《た》っていました。足《あし》もとには、新聞《しんぶん》の切《き》れはしがちらばっています。ゆかはまったくみえません。そのくらい、切《き》れはしだらけなのです。

ヨーヨーはびっくりして、立《た》ちどまりました。

「うーむ」と、おじいちゃんが、かたをがっくりおとしました。なんだか、かなしそうな顔《かお》をしています。ヨーヨーは声《こえ》をかけました。

「おじいちゃん、ぼく、手《て》つだうよ」

おじいちゃんは紙《かみ》のひげをかたづけ、リビングにむかいます。ヨーヨーも、あとをついていきました。

「ぼく、計画《けいかく》があるんだ」ヨーヨーは、メモをテーブルにおきました。三色《さんしょく》のけいこうペンと、じょうぎもおきます。

「うーむ」と、おじいちゃん。

ヨーヨーは、せつめいをはじめました。

たいせつなこと

- ひげは、かわいてるときにきること
- はさみは毎日、とぐこと！
- ぬれたひげに、ドライヤーは
ぜったいだめ！

やわらかいタオルでふくこと！

いちばんたいせつなこと

からだにいいごはん!!!

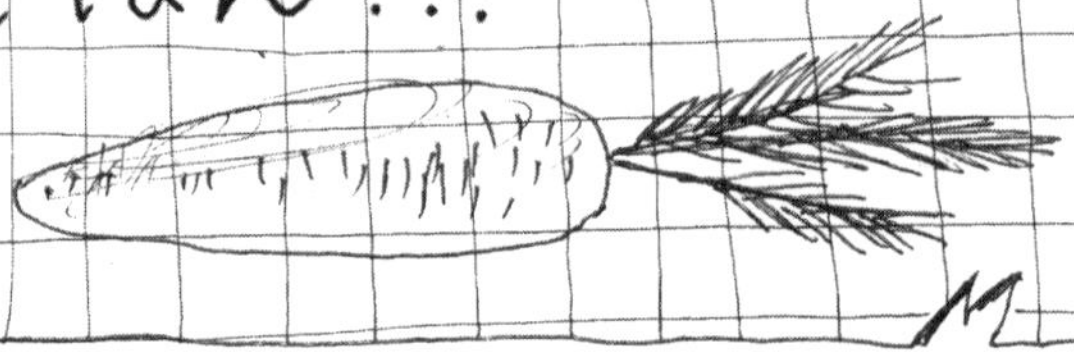

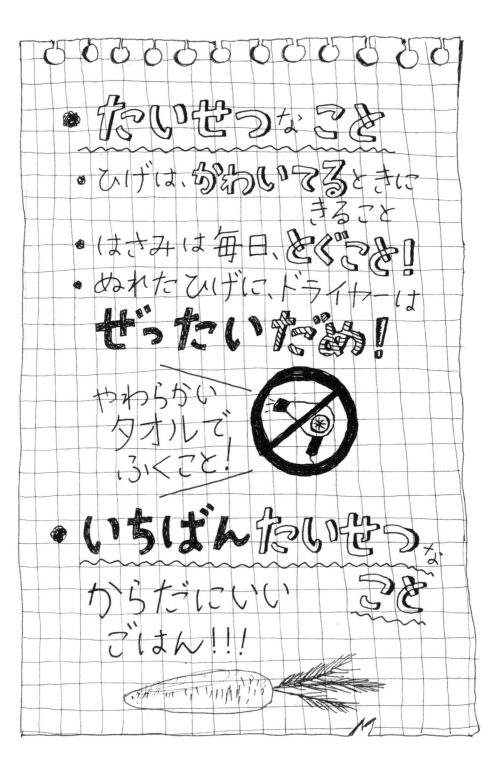

おじいちゃんのひげを いちばんにするさくせん

1週め

月よう日から水よう日

- かおにやく草オイルをぬる

木よう日~~から~~と金よう日

- ゴボウのねっこのオイルでおていれ

土よう日

- ひげをはさみで ととのえる

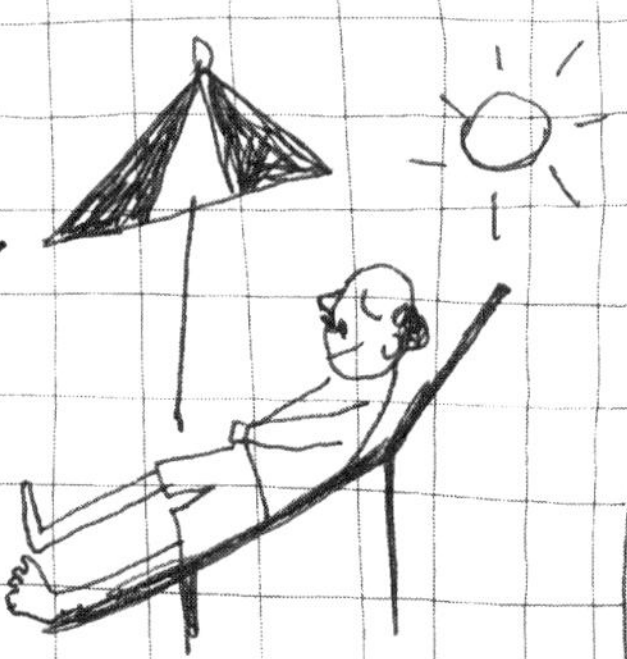

日よう日

- おやすみ

2週め

- ひげを毎日**あらう**
- ひげを毎日**くしでとかす**
- ひげを3日おきに、**はさみでととのえる**

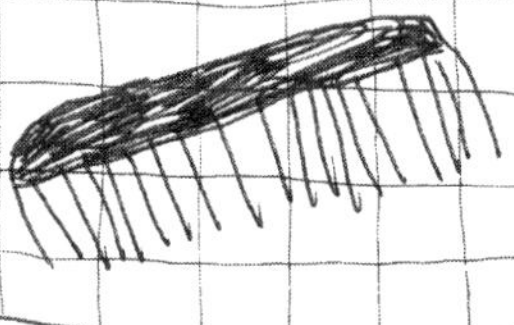

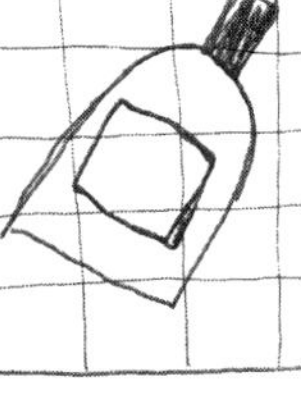

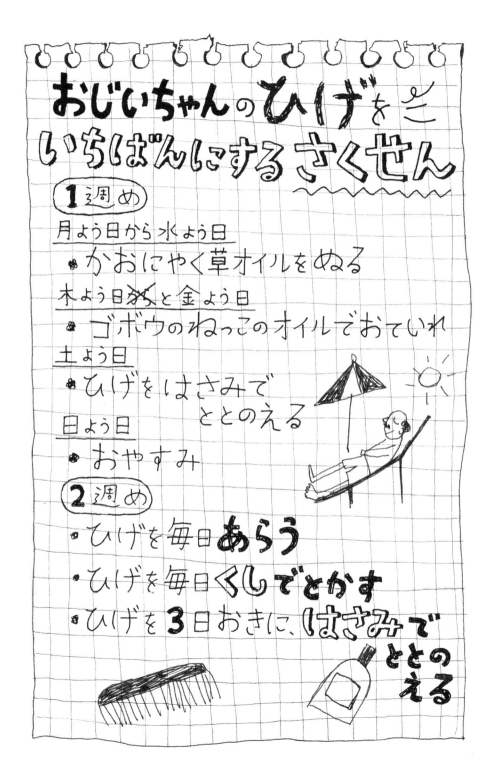

「まず、ひげをのばさなくちゃね。それから、ひげの床屋《とこや》さんもひつようだね。それがそろったら、世界《せかい》ひげ大会《たいかい》で優勝《ゆうしょう》だ。とっても、かんたんだよ！」

ヨーヨーは目《め》をきらきらさせて、おじいちゃんをみつめました。

「うーむ」おじいちゃんは、またうなりました。さっきより、うれしそうな顔《かお》です。

「かんがえてみてよ。聖《せい》ニコラウスには、ひげがあるでしょ。むかしばなしのこびとだって、フランスのマンガにでてくるアステリックスだって、ひげがある」

ヨーヨーはそういって、おじいちゃんのうでに手《て》をかけました。

「おじいちゃんは、ひとりじゃないよ」

8

毎日放課後《まいにちほうかご》になると、ヨーヨーはおじいちゃんの家《いえ》にいき、顔《かお》にオイルをすりこんだり、ひげをあらったり、くしでとかしたり、そったりする手《て》つだいをしました。

おじいちゃんは、ヨーヨーがいてくれて、とてもたすかっていました。

ひとりでは、とてもあぶなくて、ひげをそれません。

ひげ用《よう》のはさみは、スーパー、ウルトラ、超《ちょう》するどくて、「あっ」とひめいをあげたとたんに、鼻《はな》のさきが切《き》れて、どこかにとんでいってしまいそうなくらい

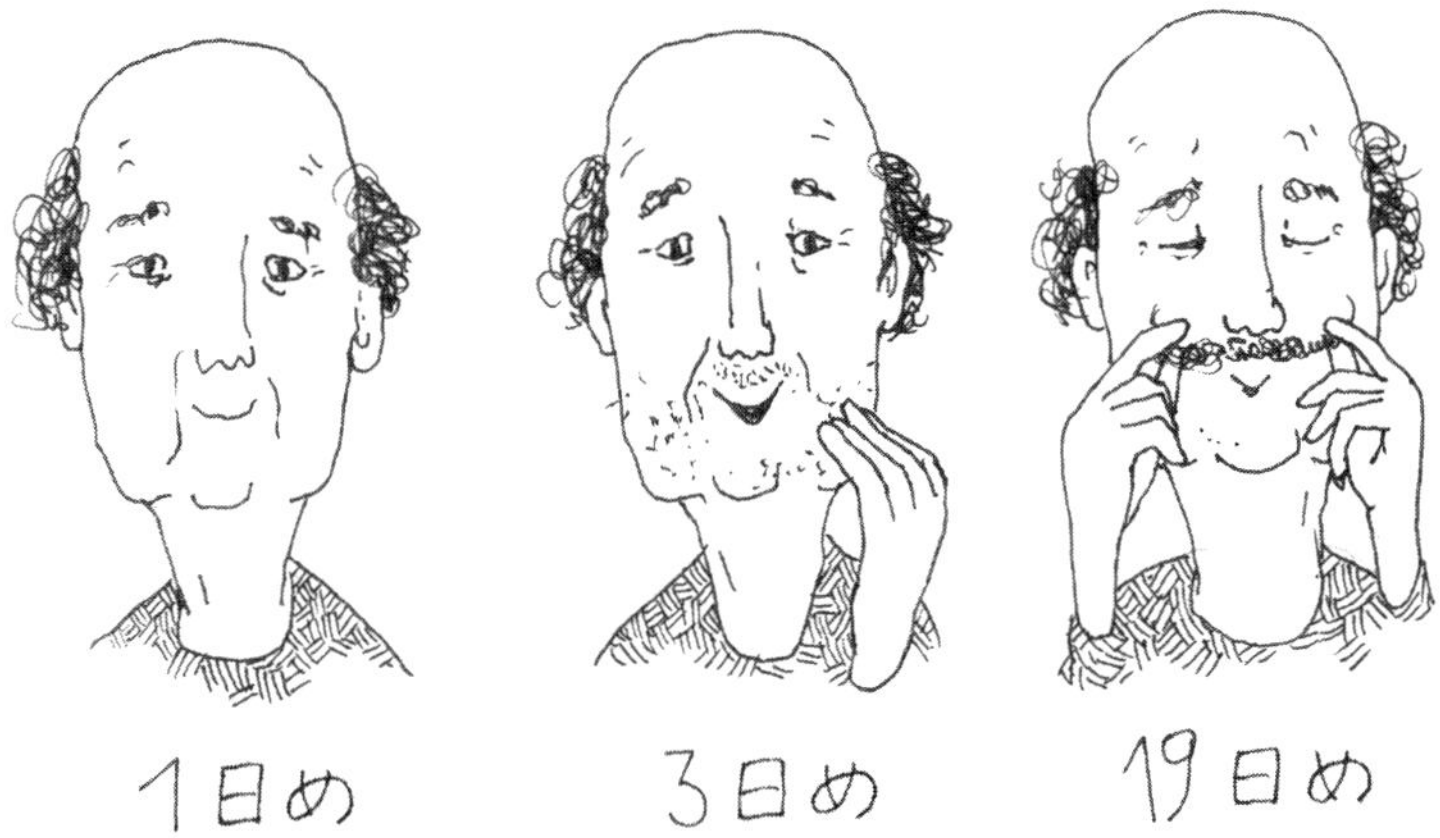

だったからです。

二《に》、三日《さんにち》たつと、口《くち》のまわりが、だいぶかわってきたのがわかりました。ひげがのびています。しかも、かなりのスピードで！

スーパー、ウルトラ、超《ちょう》はやいスピードというわけではありません。

ひげがのびているところは、みえません。

なんとかみてみたい、とヨーヨーは思《おも》いましたが、じっとみているのは、とてもたいくつでした。がまんできる人《ひと》などいないでしょう。

それでも毎日《まいにち》、おじいちゃんが朝《あさ》はやく、かがみをのぞくと、ひげはすこしずつ長《なが》くなって

COOL MEN
ひげのお手入れに
ばんそうこう
死海の塩
シェービングフォーム
ひげ
Mr. Moustache
NEW
STYL
SPECIA
MEN IN BLACK
シェービング
ローション
Shave
美しいひげのために
ひげ用オイル
AFTER SHAVE
シェーバー
MEN☆
男のひげ最新トレンド

いました。顔《かお》じゅうに、ごわごわしたみじかいひげがはえています。黒《くろ》っぽい灰《はい》色《いろ》で、ところどころ白《しろ》い毛《け》もまじっています。

おじいちゃんはひまさえあれば、洗面所《せんめんじょ》ですごすようになりました。拡大鏡《かくだいきょう》のついた、大《おお》きなかがみもかいました。これで、一本一本《いっぽんいっぽん》のひげがよくみえます。リビングでテレビをみるときにつかっていた、ゆったりしたいすも、いまは洗面所《せんめんじょ》においてあります。

ここでくつろいで、ひげの手入《てい》れをするのです。

おじいちゃんの顔《かお》は、きらきらしていました。ゴボウの根《ね》っこのオイルのおかげです。目《め》も、やっぱりかがやいています。これは、う

れしいからです。

ヨーヨーには、おじいちゃんがよろこんでいるのが、よくわかりました。おじいちゃんは、ひげをのばしたことで、ずいぶん元気《げんき》になりました。みんなもほっとしている、とヨーヨーは思《おも》っていました。


ところが、ママは、そうではありませんでした。

おじいちゃんのことが、しんぱいでしかたなかったのです。

ある夜《よる》、ヨーヨーはトイレにおきたときに、寝室《しんしつ》のドアのすきまから、ママたちの話《はなし》をきいてしまいました。ママがちょうど、パパにいっているところでした。

「あれは、ふつうじゃないわ。おじいちゃんったら、ひまさえあれば、洗面所《せんめんじょ》にすわっているのよ。お金《かね》は、はさみやかがみにつかっちゃって。テレビをみるためのいすまで、いまは洗面所《せんめんじょ》においてあるんだから！」

「おかしな考《かんが》えは、そのうち、わすれてくれるといいんだが」パパがつぶやき

ます。そして、ふとんがガサガサいって、マットレスがきしむ音《おと》がしました。それからまたママの声《こえ》がきこえました。

「あんなことはやめるように、おじいちゃんをせっとくしてみるわ」

おじいちゃんのしていることをやめさせるなんて、ぜったいだめ、とヨーヨーは思《おも》いました。

ママはいつも、かみをそめています。だれかに、やめなさいといわれたことがあるでしょうか?

パパはしょっちゅう、あたらしいランニ

ングシューズをかいます。
だれかに、やめなさいといわれたことがあるでしょうか？
ありません。

そして、おじいちゃんの口《くち》ひげは、かみの毛《け》や、くつよりも、**ずっとだいじ**なものなのです。おじいちゃんは、世界大会《せかいたいかい》で優勝《ゆうしょう》するのですから！

まもなく夏休《なつやす》みになります。
そうしたら、ヨーヨーは、もっとおじいちゃんの手《て》つだいができるようになるでしょう。

9

夏休《なつやす》みになって、ヨーヨーはいくらでも、すきなことができるようになりました……おじいちゃんも、ヨーヨーがいてくれて、たすかっています。

けれども夏休《なつやす》みに、いちばんめんどうをみてもらったのは口《くち》ひげでした。

おじいちゃんとヨーヨーは、どんなひげにすればいいか、ちゃんとわかっていました。

サマーセール
フレッシュボディソープ4ユーロ
けしょう品
ひげ用品
歯
クッキー
エコバッグ
12

ふたりで、ほんものの
芸術作品《げいじゅつさくひん》をつくりあげる
のです。
あとは、さいごのしあげ
だけです……。

世界のひげ文化
レモネード
紳士服

10

夏休《なつやす》みがおわって、学校《がっこう》がはじまる日《ひ》は、いつもへんな感《かん》じがします。

学校《がっこう》は、まったくちがう世界《せかい》みたいです。

みんなうきうきして、元気《げんき》におしゃべりをしています。

ヨーヨーは、このさいしょの日《ひ》の、おなかがむずむずする感《かん》じがすきでした。

けれども、毎日《まいにち》わくわくしていた夏休《なつやす》みは、もうおしま

い。それはちょっと、ざんねんです。

学校《がっこう》のはじまる日《ひ》がさいこうなのは、あっというまに学校《がっこう》がおわって、家《いえ》にかえれることでした。

ヨーヨーが学校《がっこう》からでると、おじいちゃんが立《た》っていました。のっぽのロレンツの自《じ》転《てん》車《しゃ》の、ちょうどとなりです。

「おじいちゃん！」ヨーヨーはびっくりしました。

すると、そこにいたのっぽのロレンツが、おどろいたようにいいました。

「このひと、おまえのおじいちゃんなの？　おじいちゃんって、ひげのチャンピオンになりたいんじゃなかったっけ？」

おじいちゃんは、ごくふつうのおじいちゃんのようにみえました。口《くち》ひげも、ごくふつうです。あたりまえではありませんか。

おじいちゃんをまもらなくてはなりません。しりたがりや、やじうま、まねをする人《ひと》たちから、まもるのです。

のっぽのロレンツに、なにがわかるというのでしょうか……。

ヨーヨーはおじいちゃんのところに走《はし》っていって、だきつきました。

「これからなにしよっか？」ヨーヨーがきくと、おじいちゃんは「うーむ」といって歩《ある》きだし、ヨーヨーもついていきました。

おじいちゃんは、つぎからつぎへと口《くち》ぶえをふきます。

ヨーヨーは、ぴょんぴょんとびはねて歩《ある》きました。

歩道《ほどう》からおりたりあがったり、右足《みぎあし》をさきにだしたり、左足《ひだりあし》をさきにだしたり、まえにでたり、うしろにさがったり、足《あし》を高《たか》くあげたり、大《おお》またで歩《ある》いたり……

そうしているうちに、駅《えき》につきました。

てつどうえき
特急でいく
ローマたったの5
おうふくきっぷを
ふたりぶんください
NEW.
アロマ
きっぷうりば
てつどうえき

おじいちゃんはきっぷうりばで、きっぷをかいました。

きっぷは、ふうとうにはいっています。

おじいちゃんは、そのひとつをシャツのポケットにしまいます。そしてふたつめのふうとうを、ヨーヨーにわたしました。


ヨーヨーは、しんぞうがどきどきしました。ふたりで、町《まち》にすんでいる人《ひと》の家《いえ》に、あそびにいくのでしょうか。それともおじいちゃんは、ただ電車《でんしゃ》にのって、秋《あき》のけしきがびゅんびゅんながれていくのを、まどからみたいのでしょうか。

ヨーヨーはふうとうをあけました。

日《ひ》にちをみます。

こ、これは、あの日《ひ》のきっぷではありませんか！

「ぼくも、いっしょにいっていいの?!?!?!」

ヨーヨーは大声《おおごえ》をあげて、はしやぎました。

駅《えき》までくるときの、ぴょんぴょんとぶようなはねかたではなく、草原《そうげん》のカンガルーのように、大《おお》よろこびでとびまわっています。

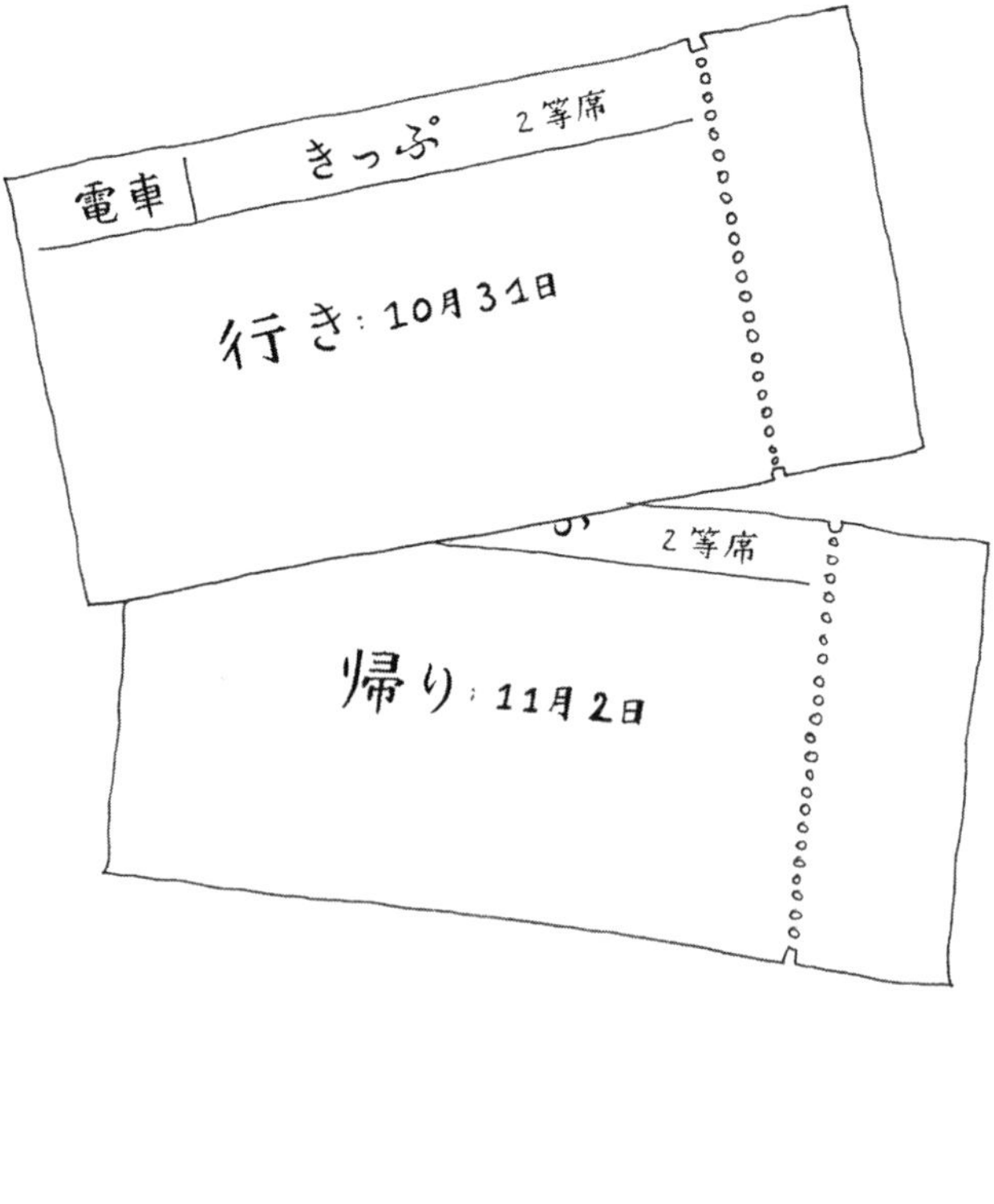

ヨーヨーはおじいちゃんと、世界《せかい》ひげ大会《たいかい》にいくのです！　ひゃっほー！

11

おじいちゃんといっしょに、世《せ》界《かい》ひげ大《たい》会《かい》にいく……。

ヨーヨーはうれしすぎて、どうしたらいいかわかりませんでした！

おじいちゃんにも、わかりません。

ふたりは、とてもうきうきしていました。

このまま家《いえ》にかえるなんて、ぜったい、むりです。そこで、公園《こうえん》にいきました。

ふたりでアイスもたべました。目《め》かくしをして、アイスの味《あじ》のあてっこをします。ヨーヨーはアンズ味《あじ》とマンゴー味《あじ》、おじいちゃんは、コーヒー味《あじ》とティラミス味《あじ》をえらびました。

さいごに、証明写真《しょうめいしゃしん》をとるきかいで、思《おも》い出《で》に写真《しゃしん》をとりました。

こんなにたのしいのは、ひさしぶりのことでした。

ようやく家《いえ》にかえると、もうばんごはんができていて、みんながそろって、ヨーヨーたちをまっていました。

ロッテがふきげんそうに、ぶつぶついいます。

「あたしが、おさらをそろえたんだから。あんたは、外《そと》であそんでたのに！」

ヨーヨーはにっこりわらって、キスをしました。

「ありがとう。じゃあ、ぼくがおさらをあらうね」

ロッテは口《くち》をぽかんとあけました。口《くち》があいて、じっさい、ちょうどよかったのです。すぐにスープがのめますから。

ヨーヨーは、ぎょうぎわるくズー

ズー音《おと》をたてて、スープをのみました。

アイスをたべたあとで、おなかがあたたかいものを、ほしがっていたのかもしれません。

おじいちゃんはスープをスプーンですくって、音《おと》をたてずに、うまく口《くち》ひげの下《した》にはこんでいます。

すこし、まえかがみにならないといけません。あともうちょっと……そのとき、シャツのポケットから、ふうとうがおちました。

ママはスプーンをおくと、ふうとうからきっぷをとりだして、ききました。

「これは、まさか、あれかしら？　わたしの頭《あたま》にうかんだことは正《ただ》しいのかしら？」

ヨーヨーは、くすくすわらいました。

ママの頭《あたま》のなかなんて、どうしてわかるというのでしょう。

ママとパパは顔《かお》をみあわせました。
「これは、あの、ひげなんとかっていうやつのことですか?」パパがたずねます。
「うーむ」と、おじいちゃん。
「ぼくも、きっぷをもってるんだよ!」
ヨーヨーがはしゃいで、ふうとうをふりまわしました。
とたんに大《おお》さわぎになりました。
「なんだって、おまえもか?」と、パパ。

「なに？　そんなの、ずるい！」と、ロッテ。

「なんなの？　そんなの、ぜったいだめ！」と、ママがいいます。

ヨーヨーもいっしょにいくという話《はなし》に、みんなが反対《はんたい》しました。そもそもひげのことも反対《はんたい》なのです。世界《せかい》ひげ大会《たいかい》も、もちろん反対《はんたい》です。おまけにヨーヨーが、こうしてじぶんできっぷをもっていることも、ますます大反対《だいはんたい》でした。

みんな、すこしもわかってくれません。

ママはおじいちゃんを、じろりとにらみつけました。

「おじいちゃん、いったい、なにを考《かんが》えているの。ヨーヨーとふたりだけで電《でん》車《しゃ》にのっていくなんて……」

「アシスタントがひつようなんだ。この子《こ》は、いっしょにいくんだ」と、おじいちゃん。

「だけど……」ママがまたいいかけると、おじいちゃんがバン！とテーブルをたたいて、いいました。

「だれだって、アシスタントがひつようなんだ。それが、わしの意見《いけん》だ」

しんと、しずまりかえりました。

ママとパパとロッテは、ただ顔《かお》をみあわせているだけです。

おじいちゃんがテーブルをたたいたり、こんなふうに話《はな》したり、意見《いけん》をつよくいったりするところなんて、これまでみたことがありません。

「だけど、お墓《はか》まいりはどうするの？

十一月一日《じゅういちがつついたち》は、おばあちゃんのお墓《はか》をおまいりして、ろうそくに火《ひ》をともすんでしょ！」

ロッテがキーキーした声《こえ》でいうと、おじいちゃんはうつむいて、じぶんの口《くち》ひげをみつめました。すこし、より目《め》にしないと、よくみえません。おじいちゃんはいきなり、また話《はな》しはじめました。

「わしは、世界《せかい》ひげ大会《たいかい》が、たのしみなんだ。おばあちゃんの写《しゃ》真《しん》をもっていく。おばあちゃんもきっと、わかってくれるはずだ」

そういうと、おじいちゃんはたちあがって、でていってしまいました。

12

ときは、あっというまに、すぎていきました。

おじいちゃんとヨーヨーは、毎日毎日《まいにちまいにち》、ひげの手入《てい》れをつづけます。すばらしい、とくべつなひげになっていきます。もうほとんど、かんぺきです……さて、荷《に》づくりをしなくてはなりません。

とうとう本番《ほんばん》です！

ヨーヨーはそわそわしていました。

電車《でんしゃ》にのって、とおくまででかけるのは、はじめてです。二回《にかい》ものりかえなくてはなりません。のりかえるたびに、駅《えき》は大《おお》きく、そうぞうしくなっていきました。

ようやく、さいごののりかえです。

ヨーヨーは、あせをびっしょりかいていて、はらぺこでした。ふたりはさっそく、食堂車《しょくどうしゃ》にむかいました。

スープをのんで、ポテトと、こなざとうがたっぷりかかったワッフルをたべました。こなざとうが、おじいちゃんの口《くち》ひげのオイルやヘアスプレーと、まざってしまいました。まるで、ゆきをかぶったみたいです。

おじいちゃんはポケットから、ブラシをひっぱりだしました。

ヨーヨーはトイレにいくことにしました。ドアのところにかがみがあります。口《くち》にさとうがついていないかどうか、よくしらべてから、おじいちゃんのところにもどります。

すると、まき手《げ》をうすむらさき色《いろ》にそめて、ぼうしをななめにかぶったおばあさんが、おじいちゃんのとなりにいました。

おばあさんは小鳥《ことり》のよう

な声《こえ》でききます。

「あなたさま、ちょっと、うかがってもよろしいでしょうか。ひげがあると、キスはどんな感《かん》じなのかしら?」

「うーむ」というと、おじいちゃんは、お金《かね》をテーブルにおいて、でていってしまいました。


おじいちゃんとヨーヨーは、タクシーでホテルにむかいます。

どきどきしているおじいちゃんは、いつもより、もっとしずかでした。

フロントでは、ヨーヨーがかわりに名《な》まえをいって、へやを予約《よやく》していることと、おじいちゃんがひげのチャンピオンになる話《はなし》をしました。

おじいちゃんのポケットには、にっこりわらうおばあちゃんの写真《しゃしん》がはいっています。

おじいちゃんはなんどもとりだして、ねむるときにも手《て》からはなしません。

PARIS
59
ユーロ

つぎの日《ひ》の朝《あさ》になりました。ヨーヨーはおふろにはいりますが、とても時間《じかん》がかかります。

おじいちゃんはもう目《め》をさましていました。

「うーむ」と、おじいちゃん。

その声《こえ》には、もうだめだ、というひびきがすこし、こもっていました。

おじいちゃんのひげが、あっちこっち、かってな方向《ほうこう》をむいてしまっていたのです。さあ、アシスタントの出番《でばん》です。いそいで、救急箱《きゅうきゅうばこ》をだして、口《くち》ひげの応急手当《おうきゅうてあ》てをしなくてはなりません！

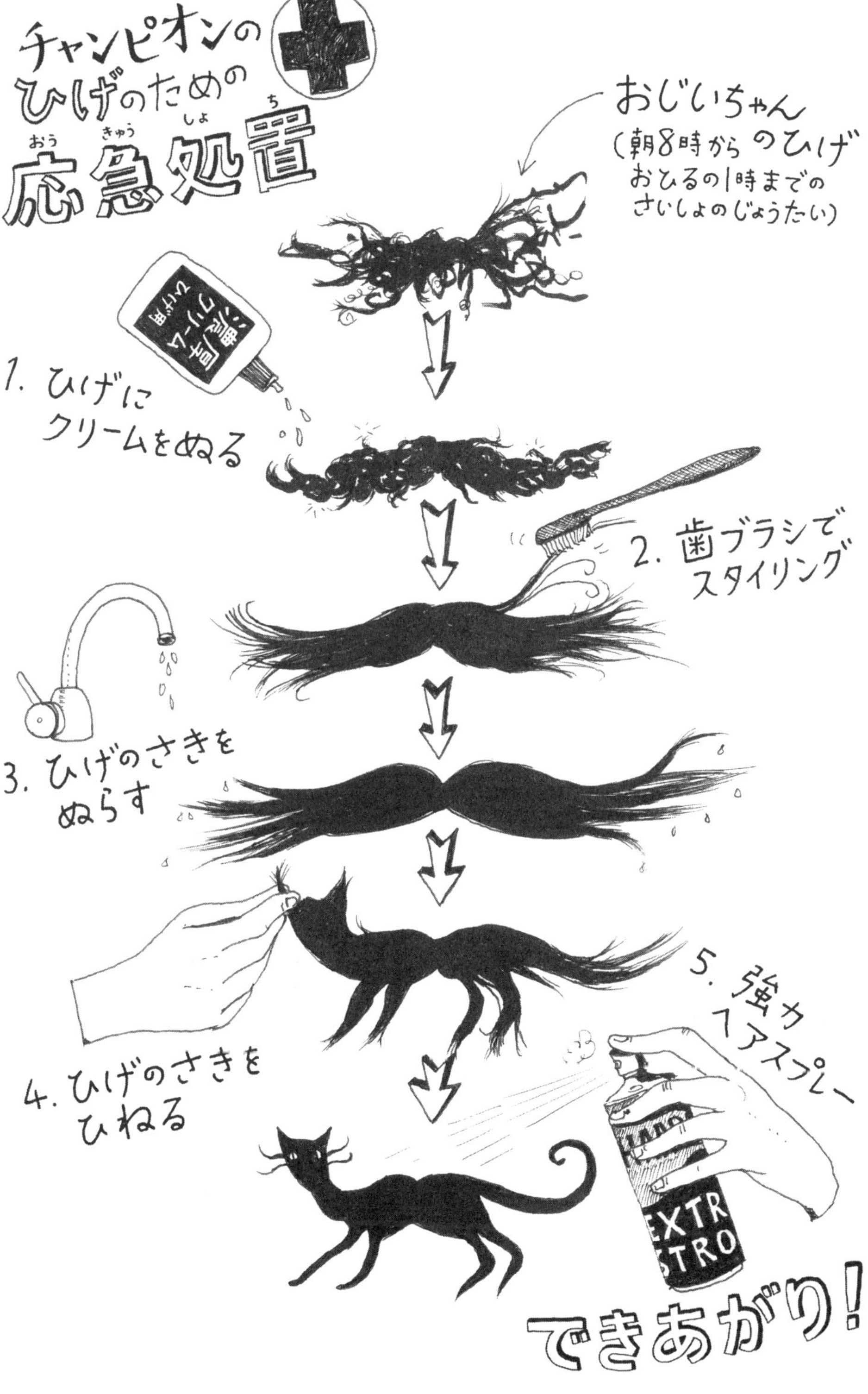
チャンピオンのひげのための応《おう》急《きゅう》処《しょ》置《ち》
おじいちゃん
（朝8時からおひるの1時までのひげのさいしょのじょうたい）
1. ひげにクリームをぬる
2. 歯ブラシでスタイリング
3. ひげのさきをぬらす
4. ひげのさきをひねる
5. 強力ヘアスプレー
できあがり！

世界《せかい》ひげ大会《たいかい》は、劇場《げきじょう》でおこなわれます。ほんもののステージと、どんちょう、それにほんもののクロークがあって、ほんもののクローク係《がかり》のおねえさんがいます。

おじいちゃんは、コートをあずけました。

ヨーヨーは、フードつきのパーカーを、じぶんで手《て》にもって、なかにはいりました。ずっとジッパーを指《ゆび》でいじっています。

あとすこし歩《ある》くだけ、すぐそこが世界《せかい》ひげ大会《たいかい》の会場《かいじょう》です。

おじいちゃんは、いつまでクロークにいるのでしょうか！
ヨーヨーはドアのすきまから、広《ひろ》い会場《かいじょう》をのぞいてみました。
みんな、りっぱなひげばかりです……。

TV

大会

おじいちゃんが、あたたかい手《て》をヨーヨーの頭《あたま》において、ききました。

「うん、どうした？」

「おじいちゃん、しんぞうがズボンのところまでおちちゃった気《き》がする」と、
ヨーヨーはかすれた声《こえ》でいいました。

「うむ。それじゃあ、ズボンのチャックは、ちゃんとしめておくんだな」

そのとき、スピーカーから、ピーッピーッという音《おと》がひびきました。

「ようこそ、世界《せかい》ひげ大会《たいかい》へ！」

司会《しかい》のおじさんがマイクにむかって、大声《おおごえ》でいいました。

「紳士淑女《しんししゅくじょ》のみなさま、おたずねします。見《み》ためがいい男《おとこ》になれれば、それだけで、はたしていい男《おとこ》なのでしょうか？」

みんなが、はく手《しゅ》かっさいします。

「きょうは、神《かみ》のつくりたもうた、さいこうにすばらしい作品《さくひん》、男性《だんせい》のひげをいわいましょう！」

「かしこまりました！」うすいかみの毛《け》がカールした、ふとったおばさんがいいました。顔《かお》には、ひげのマスクをつけています。

司会《しかい》のおじさんは、せきばらいをしました。

「みなさま！　まわりをごらんください！　みごとな、ながめではありませんか？　男性《だんせい》のひげは、顔《かお》に一万五千本《いちまんごせんぼん》まではえるそうです……一万五千本《いちまんごせんぼん》ですよ、みなさん！」

ざわざわと、ささやき声《ごえ》がひろがります。

司会《しかい》のおじさんは、にっこりほほえみました。

「ごぞんじですか。男性《だんせい》たちは、ひげそりにどれだけの時《じ》間《かん》をかけているでしょう。一生《いっしょう》で三千三百五十時間《さんぜんさんびゃくごじゅうじかん》、みなさん！　三千三百五十時間《さんぜんさんびゃくごじゅうじかん》ですよ！　まったくむだな時間《じかん》です。ひげ、ばんざい！」

みんなはいっせいに、はく手《しゅ》しました。うれしそうに声《こえ》をあげて、おどっています。

ヨーヨーは、うでのこまかい毛《け》が、ふわっとさかだつのを

感《かん》じました。きんちょうのしゅんかんがはじまるときに、かならずこうなります。このこまかい毛《け》は、ヨーヨーのアンテナなのです。

「……さあ、はじまります！　みなさん、席《せき》についてください！」司会《しかい》のおじさんがいいました。

15

ヨーヨーはこれまで、なんども世界《せかい》ひげ大会《たいかい》のことを、そうぞうしてきました。
なんどもです！
でも、いまはじまった大会《たいかい》は、考《かんが》えていたのとは、まったくちがいました。
ずっと、しずかです。
ずっと、ふつうです。

ステージのまえに、いすがならんでいます。

そこに参加者《さんかしゃ》がすわりました。
いすはひとつもあまっていなくて、参加者《さんかしゃ》もひとりもよけいにはいません。
会場《かいじょう》のおくではお客《きゃく》さんが、立《た》ったりすわったりして、みています。
みんなまた、はく手《しゅ》しました。
しんさいんが、はいってきたのです。
しんさいんは七人《しちにん》いて、口《くち》ひげをはやしているのは、ひとりだけでした。
ここからが、しんけん勝負《しょうぶ》です。
みんな、じぶんのひげをアピールしなくてはなりません。

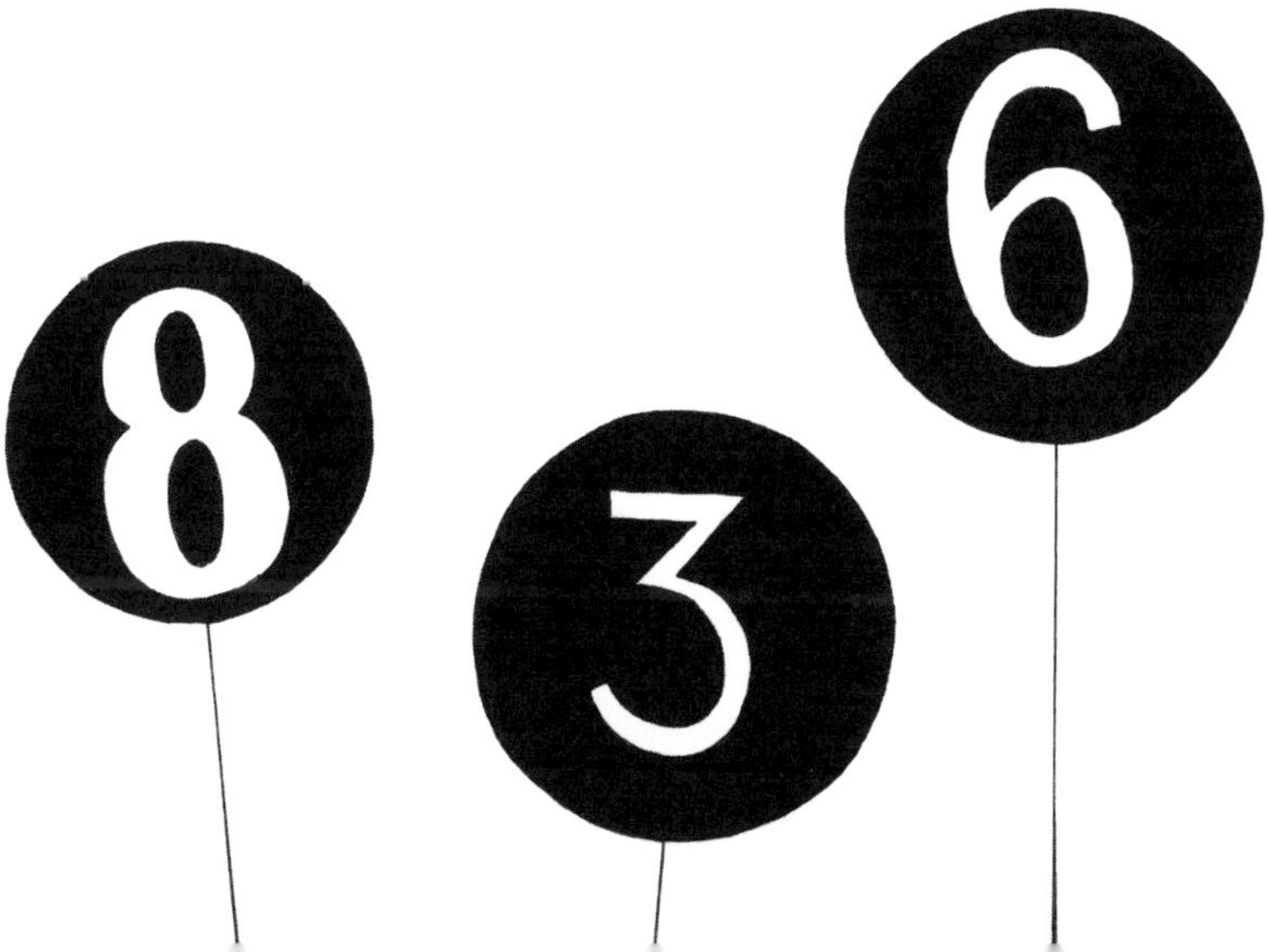

ひとりずつ、じゅんばんにすすんでいきます。
しんさいんにむかって、にっこりほほえんで、顔《かお》を左《ひだり》から右《みぎ》にまわして、おじぎをします。

こんなに、いろいろなひげがあるなんて！　ヨーヨーは、ずっと、ひげはただのひげだと思《おも》っていました。
けれども、なんと、たくさんのひげがあることでしょうか。あのひげも、このひげも、どれも、いちばんりっぱにみえます！

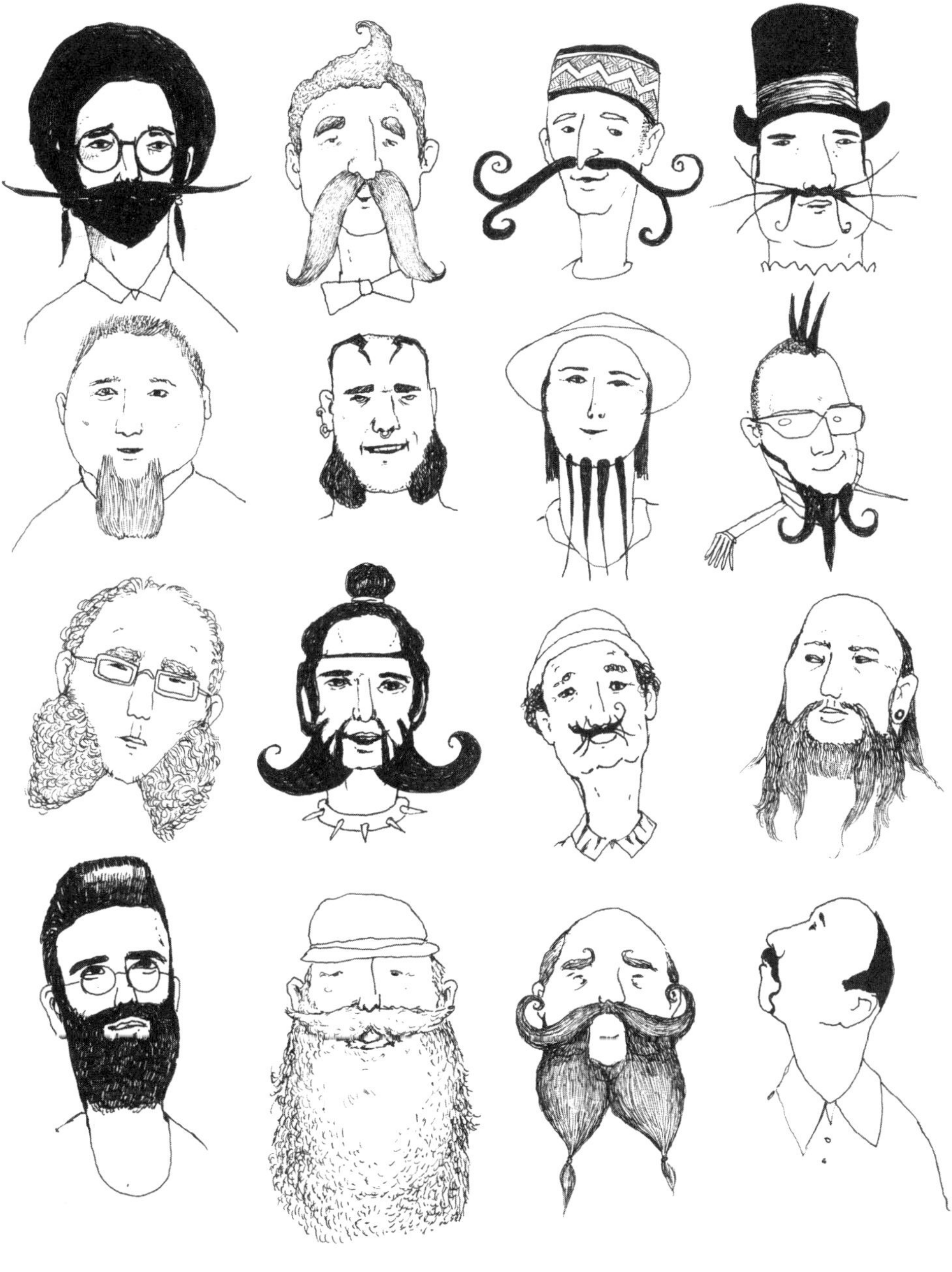

またヨーヨーの毛《け》のアンテナが、ぞわぞわっと、さかだちました。

つぎは、おじいちゃんの番《ばん》です！

息《いき》をのんで、まちます。

ところが、なんということでしょう……。

しんさいんたちは、おじいちゃんのひげをみて、わらいだしたのです。

わらうなんて、ひどいではありませんか。

うんうん、うなずいたり、はく手《しゅ》したりして、点数《てんすう》をつけるべきなのに。

ヨーヨーは、しょんぼりしてしまいました。

ここまでやってきたのは、まったく、むだだったのです。かわいそうなおじいちゃん……。


でも、おじいちゃんは、りっぱでした。

うろたえたりはしません。

ゆうがにおじぎをして、ぼうしをひょいともちあげ、また頭《あたま》にもどしました。

そのときです。

十点《じゅってん》！　七人《しちにん》のしんさいんが、みんな十点満点《じゅってんまんてん》のふだをあげたのです！

ヨーヨーはうれしすぎて、目《め》がまわりそうになりました。

全員《ぜんいん》がひげをみせおわるまで、ヨーヨーはじりじりしながら、まちました。

はてしなくつづきます。そして、優勝者《ゆうしょうしゃ》が発表《はっぴょう》されました。

あっというまのことでした。

ヨーヨーは、うっかり写真《しゃしん》をとりわすれるところでしたが、なんとかうまくとれました。

おじいちゃんは、ひげのチャンピオンになったのです！

せ・か・い・い・ち・の、ひげのチャンピオンです！

世界ひげ大会
にゃあ
1
2

みんなが大《おお》さわぎをしています。
はく手《しゅ》で、耳《みみ》がきこえなくなりそうでした。
ヨーヨーは席《せき》でじっとしていられなくなりました。
ぴょんととびあがると、ステージのまんなかに走《はし》っていきます。

おじいちゃんが、りょううでを大《おお》きくひろげています。
ヨーヨーは、そのむねにと

びこみました。

「おじいちゃん！　やったね！」

世界一《せかいいち》の口《くち》ひげの下《した》に、おじいちゃんの口《くち》がすこし、にっこりしているのがみえます。

おじいちゃんは「うむ」といって、おばあちゃんの写真《しゃしん》がはいっているポケットに手《て》をあてました。

なみだが、ぽろりと、ほっぺたをつたいます。

そして口《くち》ひげに、ひっかかりました。

16

あくる日《ひ》、ふたりはもう、うちにかえっていました。

あのたびは、ほんとうにあったことだったのでしょうか。ヨーヨーはしんじられなくなっていました。

けれども写真《しゃしん》はとりましたし、おじいちゃんの本《ほん》だなには、優勝《ゆうしょう》トロフィが、かがやいています。

いまはママやパパも、よろこんでくれていて、ロッテは、ひげのことも、世界《せかい》ひげ大会《たいかい》のことも、とってもいいアイデアだった、などといっています。

1
J

「じまんのおじいちゃんですよ」パパはおじいちゃんのかたに、うでをまわします。

「おばあちゃんも、ほこらしいでしょうね」ママが感動《かんどう》して、なみだをぬぐっていうと、ロッテはこういいました。

「写真《しゃしん》とろうよ、おじいちゃん。ふたりでね、その口《くち》ひげと。おとなになって、お金《かね》にこまったら、写真《しゃしん》を高《たか》くうるんだ」

おじいちゃんはただうなずいて、すこし、にっこりしただけでした。それからいすにどっかりすわると、二日《ふつか》と二晩《ふたばん》、ずっとねむりつづけました。トイレにも、一回《いっかい》もいかなかったのです。

ヨーヨーもはらはらどきどきして、すっかりへとへとだったので、ほっと息《いき》をついていいました。

「ぜんぶ、うまくいって、よかった。それに、ぜんぶ、おわって、よかった」

けれども、それはヨーヨーの思《おも》いちがいだったのです。まったくちがっていました。

おじいちゃんがまだねているとき、げんかんのチャイムがなりました。

ヨーヨーがドアをあけると、そこには民族衣装《みんぞくいしょう》をきたおじさんが、ふたり立《た》っていました。花《はな》たばと、ワインとチョコレートのはいったかごをもっています。

「おじさんたちは、町《まち》の活動《かつどう》グループの者《もの》なんだよ」と、ひとりがいいました。「世界一《せかいいち》のひげのチャンピオンに、おいわいをいいにきたんだ。われわれのほこりだからね」と、もうひとりがいいます。

このとき、電話《でんわ》がなりました。

「ちょっとまってて」

ヨーヨーはあわててへやに走《はし》っていって、電話《でんわ》をとりました。おじいちゃんがおきてしまわないか、しんぱいだったのです。

たまご
ヨーグルト
ミルク
クッキー
コーヒー

「もしもし、こんにちは。こちらタイガーです。ネコずきな人《ひと》たちでつくった世界的《せかいてき》なグループの者《もの》です。世界一《せかいいち》のひげのチャンピオンと、お話《はな》しできませんか？」

目《め》をさましたおじいちゃんは、びっくりして、ひっくりかえりそうでした。

新聞記者《しんぶんきしゃ》、テレビ局《きょく》の人《ひと》たち、カメラマンたちがぐるりと、家《いえ》をとりかこんでいます。電話《でんわ》もひっきりなしに、なりつづけていました。

みんなが、おねがいにきているのです。

「インタビューさせてください！」

「テレビにでてください！」

「町《まち》のおまつりにきてください！」

予定《よてい》、予定《よてい》、予定《よてい》……。

おじいちゃんは、あらたにスケジュール帳《ちょう》をかわなくてはなりませんでした。

古代へ　うこそ
ひげをはやそう！
男の体をまもるイベント
みんなでひげをはやして
イベントにさんかしよう。
いまなら、今年の世界ひげ
チャンピオンお気に入りの
ひげ用ジェルが、20%オフ!!!
町の床屋より
BART GEL
ラジオインタビュー
「わたしたちの町」
マルティナ・
ヴァルヒさん
0664/28
マルクス通り
スカイプ
ターネットで
ファンとの
会話
ショー
スさんと
（金色のがちょう）
こうえん会
る気セミナー
になって、そして
チャンピオンに」

7 1 2
5. 11月
9-17:00
CMさつえい 狩人団体
ひげ用ブラシ
（野生イノシシの毛）
18:00-19:00 ひげの
ワークショップ
「かっ いいひげの
つくりかた」
20:00
写真さつえい
ヘアスタジオ・ファイン
タイガーさん
（ネコ愛好家世界連盟代表）
0660/89 1027 773
23:00 美術館オープン前
「ひげ一文化か芸術か」
しょうたい
でんわ
0676/5382
18:00

さいあくなのは、大《おお》きなショッピングセンターでのイベントでした。たくさんのお店《みせ》がならぶ広《ひろ》いつうろのまんなかに、いすがおいてあって、そこにおじいちゃんがすわって、じろじろみられるのです。ヨーヨーは息《いき》もできない気分《きぶん》でした。たくさんの人《ひと》たちが、おじいちゃんのところにおしよせてきて、みんな、写真《しゃしん》をとったり、サインをもらおうとしたりするのです。

「そのひげ、一本《いっぽん》くださいな！」おばあさんがピンセットをもって、声《こえ》をかけてきます。

新聞社《しんぶんしゃ》やテレビ局《きょく》の人《ひと》たちもたくさんおしかけてきて、写真《しゃしん》をとって、なんでもメモします。

みんな大声《おおごえ》でさわぐように話《はな》します。

「にっこりしてください！」

「ちょっと、こっちをみてください……いいですよ、ありがとう！」

「表紙《ひょうし》のための写真《しゃしん》を一《いち》まい！」

「インタビューをすこしだけ、させてもらえませんか？」

みんな、びっくりするほど声《こえ》が大《おお》きくて、カメラのフラッシュも、目《め》のまえでパチパチ光《ひか》ります。ヨーヨーは、目《め》も耳《みみ》もふさぎたくなりました。けれども、ざんねんながら、手《て》の数《かず》がたりません。


「いっしょに、にげだそう」おじいちゃんが、ぶつぶついいました。

このとき、ひとりが、おじいちゃんのまえに立《た》ちはだかりました。

「なぜ、ネコをえらんだのですか？」大《おお》さわぎのなかでもきこえるように、さらに大声《おおごえ》でいいます。

おじいちゃんは立《た》ちどまりました。

びっくりしたように、目《め》のまえをふさいでいる記者《きしゃ》を、じろりとみつめます。

そしてとつぜん、口《くち》ひげの下《した》から、たくさんのことばがあふれてきました。

「お若《わか》いの。こいつは、ごろつきの口《くち》ひげなんだ」

記者《きしゃ》は、目《め》を大《おお》きくみひらきました。

「はあ?」としかいえません。

「いいか、お若《わか》いの」おじいちゃんは、もういちどいいました。「ごろつきっていうのはな、ごろごろしないといけないんだ」

おじいちゃんが歩《ある》きだすと、ショッピングセンターのマネージャーが走《はし》ってきました。ネクタイがブンブンゆれています。

「いったい、どちらにいかれるんですか?」

マネージャーがあわててきくと、おじいちゃんはこうこたえました。目《め》がきらっと光《ひか》っています。

「ごろごろするために、家《いえ》にかえるんだ」

「ですが、このイベントは、まだ夕方四時《ゆうがたよじ》までつづくんですよ！」

そういわれましたが、おじいちゃんは、さあねというように、かたをすくめました。

「道《みち》にごろごろしている石《いし》とおなじで、わしには、どうでもいいことだね」

おじいちゃんはこれまでずっと、だれかのめんどうをみてきました。ずっとむかしは、ヨーヨーのママのめんどうをみて、つぎは、ママの妹《いもうと》のリディアおばさんのせわをしました。

それは、とてもたいへんなことでした。なにしろ、ママとリディアおばさんは、けんかばかりしていたからです。

そのあとは、ロッテとヨーヨーのめんどうをみてくれました。

ふたりが大《おお》きくなって、ソーセージをあぶるときに、けがをしないで、うまく切《き》りこみをいれられるようになるまでです。

おばあちゃんが病気《びょうき》になったときには、おばあちゃんのめんどうをみなくてはなりませんでした。

こんどはおじいちゃんは、じぶんのひげの、めんどうをみています。

ひげは、だれともけんかしませんし、けがをしたり、病気《びょうき》になったりもしません。

それでもひげは、ほかのどんなことよりも、ずっと、てまがかかりました。写真《しゃしん》をとられるときは、さいこうの写真《しゃしん》がとれるようにしなくてはなりません。みんなに、そうおねがいされ

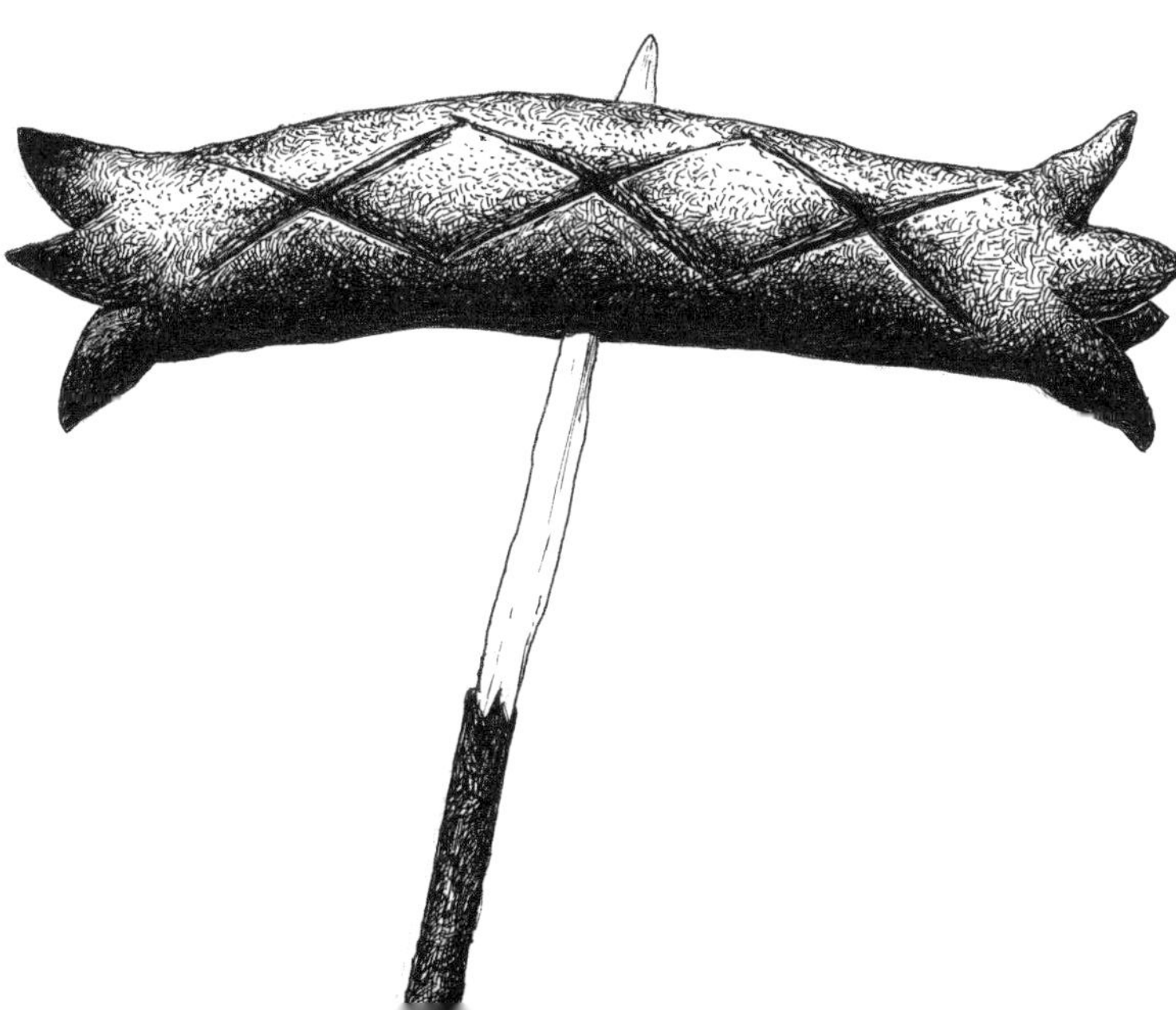

るからです。
おじいちゃんの目《め》の下《した》には、黒《くろ》いくまができて、口《くち》のりょうはしはだんだんさがり、せなかは、まるまってきました。
ヨーヨーにはわかっていました。こんなこと、おじいちゃんにはもう、むりだ。

17

ときはまたたくまにすぎて、クリスマスのきせつになりました。

一年《いちねん》のこのときは、なにもかもすこしだけ、ゆっくりしていいときです。クリスマスのおいわいのために、一《いっ》か月《げつ》まえからクッキーをやいたり、プレゼントをつくったり、ゆきがふるのをまったり、やねうらべやからクリスマスのかざりをとってきたり、しずかにおちついて、クリスマスがくるのをたのしみにするのです。

ヨーヨーは、このクリスマスまえのひとときが、大《だい》すきでした。

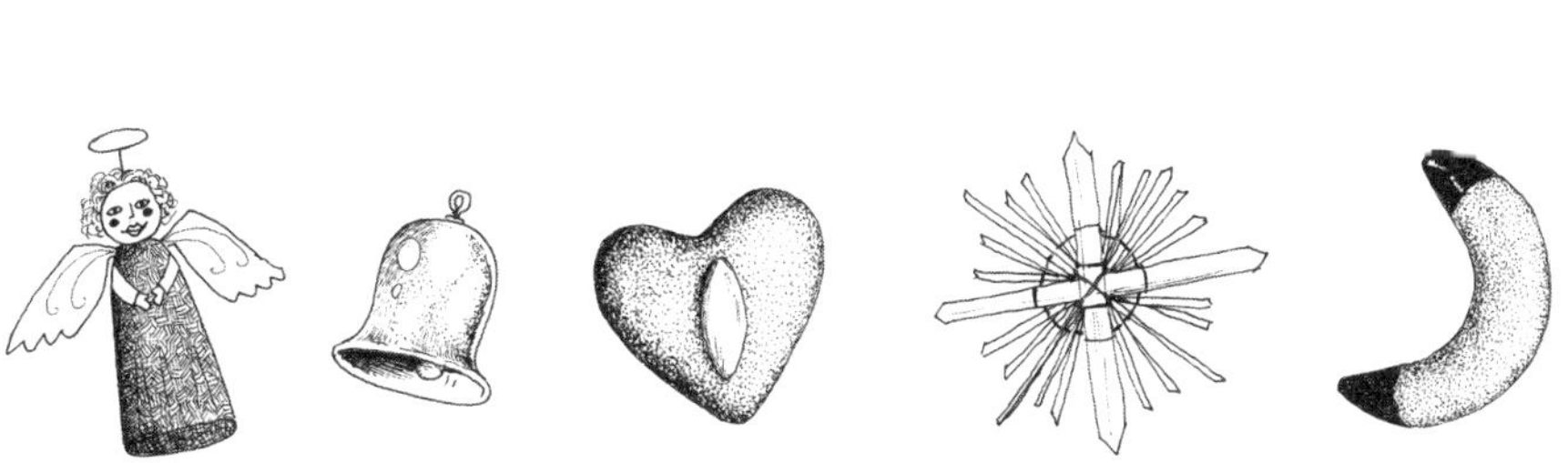

プレゼントをつくるのも、クッキーをやくのもです。

そしてずっと、しずかなよろこびを感《かん》じるのです。

けれども今年《ことし》は、すこし気《き》になることがありました。おじいちゃんのことが、しんぱいだったのです。

おじいちゃんはへとへとで、いつもぐったりしていました。あんまりつかれて、夜《よる》、しっかりとねむれなくなっていたのです。

ヨーヨーは、つかれすぎでねむれなくなることがあるなんて、しりませんでした。

けれどもいまは、しっています。ざんねんなことですが。

おじいちゃん、ひげをそってしまえばいいのに、と思《おも》うくらいでした。

けれども、そんなわけにはいきません。

おじいちゃんはひげチャンピオンになってから、ずっとはたらいてきました。口《くち》ひげのネコとは、何週間《なんしゅうかん》もずっといっしょでした。そのひげをそってしまうなんて、それはまるで、森《もり》に子《こ》ネコをすててしまうかのようです……。おじいちゃんも、そんなこと、考《かんが》えられませんでした。

きょうはみんなで、ろうそくを四本立《よんほんた》てたアドベントクランツをかこんでいます。クリスマスの一《いっ》か月《げつ》まえの日曜日《にちようび》から、一本《いっぽん》ずつろうそくに火《ひ》をともすのです。

ママ、パパ、ロッテ、ヨーヨー、そして、くたくたになったおじいちゃん。

なにもかも、いつもと同《おな》じです。へやをうすぐらくして、ろうそくに火《ひ》をともして、もみの木《き》のかおりがただようなかで、歌《うた》をうたいます。

ただ、おばあちゃんだけがいません。そのことは、みんな感《かん》じていました。

ママがおばあちゃんの写真《しゃしん》をテーブルにおきました。

おじいちゃんの目《め》は、

大《だい》すきなおばあちゃんの顔《かお》に、じっと、そそがれています。

きっと、やさしい笑顔《えがお》、やわらかい手《て》、これまでのことをいろいろ思《おも》いだしているのでしょう。

おじいちゃんは、みんなといっしょにいるのではなくて、ずっとおくにいるかのようでした。


ママがギターの音《おと》をあわせると、みんなでうたいはじめました。

「もみの木《き》ー、もみーの木《き》ー」

このとき、おじいちゃんは目《め》をとじました。

「いつも、みーどーりーよ」

おじいちゃんは、こっくりしています。


そしてあっというまに、それはおこったのです。

おじいちゃんが、かくんと、頭《あたま》をテーブルにぶつけました。

テーブルは、そんなに大《おお》きくありません。まんなかには、ろうそくがのったアドベントクランツがあります。

ろうそくには、火《ひ》がともっていました。

ヨーヨーは、口《くち》ひげのネコのしっぽは、ろうそくの火《ひ》のちょっと手前《てまえ》にあったと思《おも》っていました。

ひげは、ほのおまではとどいていなかったはずなのです。

でも、みまちがいだったかもしれません。

ひょっとすると、ヘアスプレーがほのおを

ひきよせたのか、あるいは、ヨーヨーがふいていたリコーダーのせいで、空気《くうき》がうごいたのかもしれません。あれか、これかわかりませんが……大《だい》じけんがおきました。

とつぜん、火《ひ》がテーブルの上《うえ》を走《はし》って、おじいちゃんの口《くち》ひげから、けむりがではじめました。ヨーヨーは、大《おお》いそぎで、ろうそくをふきけします。

パパは、おじいちゃんのかたをゆらしました。

ママは、ふきんをとって、おじいちゃんのひげをたたきました。なんども、なんども。

ロッテは、キャーキャー、ひめいをあげました。

（そんなことをしても、なんの役《やく》にもたちません。でも、女《おんな》の子《こ》って、そういうものです）

ロッテがキャーッといい、ママはひげをたたいて、パパはかたをゆさぶって、ヨーヨーはろうそくをふきます。

なにもかも、ものすごくうるさくて、みんながバタバタうごいています。

おじいちゃんは、どうしたでしょうか?

ゆっくり目《め》をあけました。

首《くび》をもちあげます。

へんなにおいが、へやじゅうに、ただよっています。シチューのおなべがこげたような、トーストがまっ黒《くろ》にこげたような、オーブンの鉄板《てっぱん》になべつかみをお

いてしまったようなにおいです。
おじいちゃんは、こまったように、みまわしました。
「どうしよう!」ロッテがひめいをあげます。
ママは、手《て》を口《くち》にあてました。
「うむ?」
おじいちゃんは、ぼんやりと、顔《かお》をなでます。

ヨーヨーは息《いき》をのんで、おじいちゃんをみつめました。
おじいちゃんは立《た》ちあがり、おばあちゃんのきれいな食器《しょっき》がならぶ戸《と》だなのほうに、むかいました。そこには、金色《きんいろ》のふちのついたカップや、小《ちい》さな青《あお》い花《はな》の絵《え》のもようのおさらがあって、ガラスのとびらに、おじいちゃんの顔《かお》がうつりました。

「やれやれ。ヘアスプレーのせいで、頭《あたま》がくらくらするんだよ」と、
おじいちゃんはいいました。

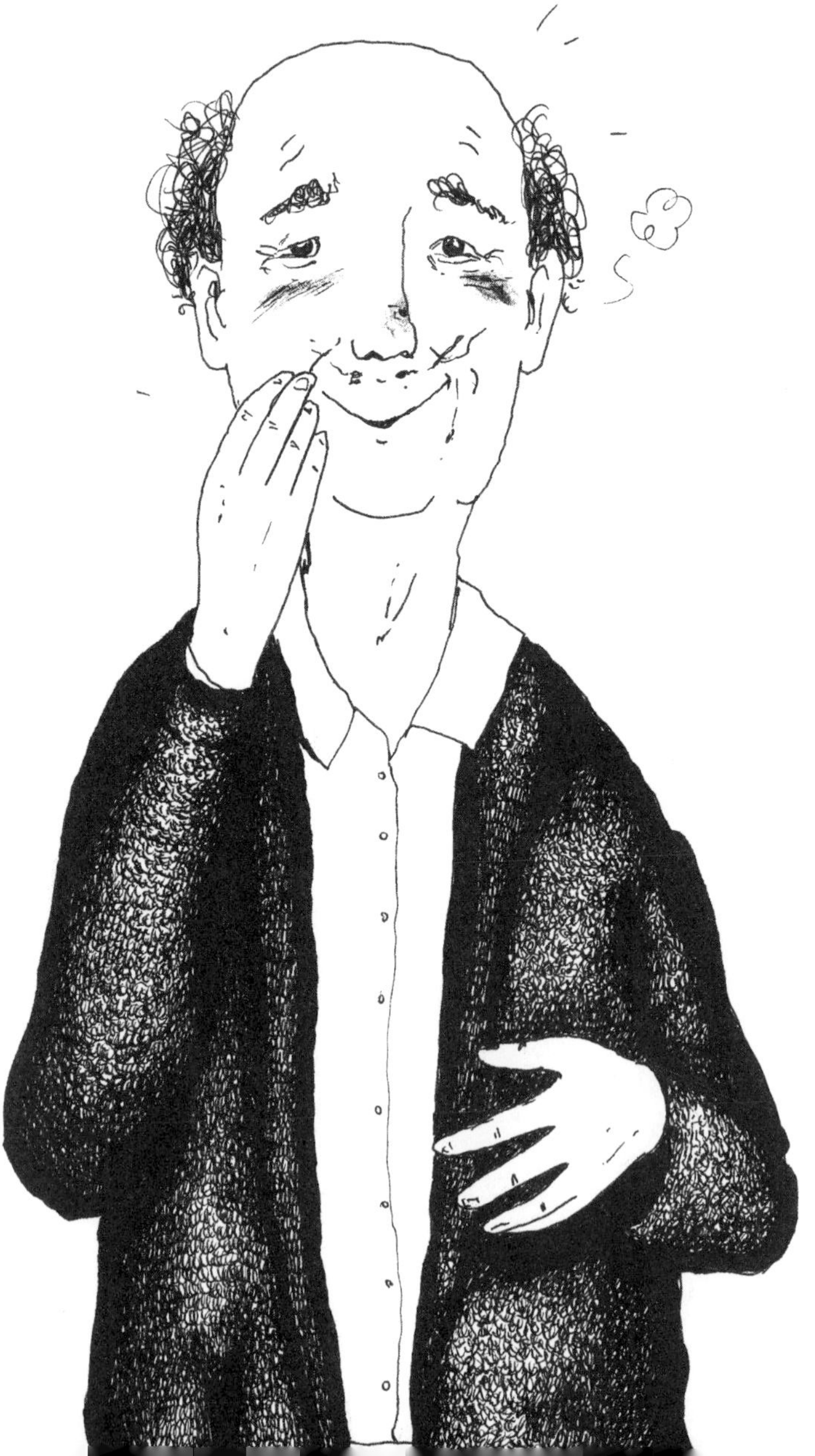

それからおじいちゃんはどうしたかというと、ぼうしをかぶり、ヘッドライトをつけて、森《もり》にはいっていき、たきぎをさがしました。

たき火《び》は、いつでもできます。

冬《ふゆ》のさなかでも、かわりません。

さあ、はじめましょう。

おしまい

訳者《やくしゃ》あとがき

ヨーヨーとおじいちゃんの物語《ものがたり》、いかがだったでしょうか。ヨーヨーのおじいちゃんは、おばあちゃんがこの世《よ》を去《さ》ってから、すっかり元気《げんき》をなくしてしまいました。けれども、世界《せかい》ひげ大会《たいかい》にでてチャンピオンになるぞ！ と決《き》めてから、おじいちゃんはヨーヨーといっしょに夢《ゆめ》にむかって、はりきってすすんでいきます。

おじいちゃんとふたりだけで過《す》ごす時間《じかん》というのは、とてもわくわくするときではありませんか？ この本《ほん》を訳《やく》しながら、わたしも子《こ》どものころ、自分《じぶん》にとって祖父《そふ》がヒーローだったことを思《おも》い出《だ》していました。ヨーヨーのおじいちゃんと同《おな》じようにとても手先《てさき》が器用《きよう》で、自転車《じてんしゃ》のパンクや、かさの折《お》れた骨《ほね》をあっというまになおしてくれて、家《いえ》のかべのペンキをぬってくれたことまでありました。ヨーヨーはとてもおじいちゃん思《おも》いの男《おとこ》の子《こ》で、家族《かぞく》のみんなが大反対《だいはんたい》しても、おじいちゃんのためにがんばります。ヨーヨーのことも、おじいちゃんのことも、しぜんと応援《おうえん》したくなってしまいます。

このゆかいな本《ほん》を書《か》いたザラ・ミヒャエラ・オルロフスキーさんは、ヨーロッパのオーストリアで一九八四年《ねん》に生《う》まれました。オーストリアは、モーツァルトやベートーヴェンが活躍《かつやく》した音楽《おんがく》の都《みやこ》ウィーンを首都《しゅと》とする美《うつく》しい国《くに》です。ドイツの南方《なんぽう》にあり、人《ひと》びとは主《おも》にドイツ語《ご》を話《はな》しています。オルロフスキーさんはオーバーエスターライヒ州《しゅう》のリンツという町《まち》で生《う》まれ、ウィーン大学《だいがく》で児童教育《じどうきょういく》やドイツ文学《ぶんがく》を学《まな》びました。そのころからザンビアやエチオピアなど世界《せかい》のあちこちを旅《たび》して、めぐまれない子《こ》どもたちのためのプロジェクトなどで働《はたら》いたということです。その後《ご》、青少年《せいしょうねん》センターで働《はたら》きながら、作品《さくひん》を発表《はっぴょう》しはじめました。

ヨーヨーの物語《ものがたり》には、思《おも》わずくすくすわらってしまう場面《ばめん》がたくさんあります。オルロフスキーさんはあるインタビューで、そのユーモアはどこから生《う》まれると思《おも》いますか、とたずねられたときに、それはオーストリア人《じん》の気質《きしつ》と、家族《かぞく》の影響《えいきょう》だと答《こた》えています。オルロフスキーさんがはじめてボーイフレンドを家《いえ》につれてきたとき、その男《おとこ》の子《こ》がお父《とう》さんの知《し》らないジョークをいうまで、お父《とう》さんは家《いえ》にいれてくれなかったそうです。

そして文章《ぶんしょう》とともに、しっかりかきこまれたイラストもこの物語《ものがたり》をさらにもりあげています。イラストをかいたミヒャエル・ローハーさんは一九八〇年《ねん》に、やはりオーストリアの北《ほく》東《とう》に位置《いち》するニーダーエスターライヒ州《しゅう》で生《う》まれ、ウィーン大学《だいがく》で社会教育学《しゃかいきょういくがく》を学《まな》びました。すでにデビュー作《さく》の絵本《えほん》で、二〇一〇年《ねん》のオーストリア児童文学賞《じどうぶんがくしょう》、ウィーン児童文学絵本《じどうぶんがくえほん》賞《しょう》、オーストリアの美《うつく》しい本賞《ほんしょう》など、さまざまな賞《しょう》を受賞《じゅしょう》しています。オルロフスキーさんとのペアをくんだ作品《さくひん》では、このヨーヨーの物語《ものがたり》の前《まえ》に、Valentin, der Urlaubsheld（『ヴァレンティン、夏休《なつやす》みのヒーロー』）があります。ヴァレンティンという男《おとこ》の子《こ》が海辺《うみべ》で過《す》ごした夏休《なつやす》みをえがいた物語《ものがたり》です。この作品《さくひん》は、二〇一四年《ねん》にはオーストリアの美《うつく》しい本賞《ほんしょう》を、また翌年《よくねん》にはオーストリア児童文学賞《じどうぶんがくしょう》を受賞《じゅしょう》しており、文章《ぶんしょう》とイラストとで心《こころ》おどる世界《せかい》をつくりだしています。このふたりがこれからどんな本《ほん》をつくってくれることか、たのしみでなりません。

　ところでおじいちゃんが挑戦《ちょうせん》する世界《せかい》ひげ大会《たいかい》ですが、これは空想《くうそう》の大会《たいかい》ではなく、世界《せかい》ひげ協会《きょうかい》という団体《だんたい》が一九九〇年《ねん》から二年《ねん》おきに開催《かいさい》している、じっさいにある大会《たいかい》です。ひげ自慢《じまん》たちがあつまる、まさにひげのオリンピックで、ふだんの生活《せいかつ》でじゃまではないかと思《おも》うほど個性《こせい》ゆたかなひげをした人《ひと》びとが、ずらりとそろいます。ヨーヨーやおじいちゃんをはじめ、自分《じぶん》が好《す》きなことのために、まわりの目《め》など気《き》にせずひたむきにがんばるのは、とてもすばらしいことだと感《かん》じます。

さいごになってしまいましたが、この作品《さくひん》を気《き》に入《い》ってくださり、日本《にほん》で出版《しゅっぱん》するにあたり見《み》た目《め》もたのしい本《ほん》づくりをしてくださった岩波書店《いわなみしょてん》のみなさま、イラストにぴったりな日本語《にほんご》の文字《もじ》をかいてくださった大黒芙実子《だいこくふみこ》さんに心《こころ》よりお礼《れい》を申《もう》しあげます。

若《わか》松《まつ》宣《のり》子《こ》

二〇一七年《ねん》一〇月《がつ》

作　ザラ・ミヒャエラ・オルロフスキー
1984年，オーストリア・オーバーエスターライヒ州生まれ．ウィーン大学在学中より，ザンビアやエチオピアなど世界各国を旅して，恵まれない子どもたちのためのプロジェクトで働く．青少年センターで働きながら作家デビュー．オーストリア児童文学賞，プロテスタント教会賞などを受賞．

絵　ミヒャエル・ローハー
1980年，オーストリア・ニーダーエスターライヒ州生まれ．デビュー作の絵本でオーストリア児童文学賞，ウィーン児童文学絵本賞，オーストリアの美しい本賞などを受賞．オルロフスキーとのコンビによる作品は，本書が2冊め．

訳　若松宣子
白百合女子大学児童文化研究センター助手を経て，中央大学大学院文学研究科独文学専攻博士課程修了．訳書に『シュトッフェルの飛行船』『ミシェルのゆううつな一日』『庭師の娘』，絵本『小さいのが大きくて、大きいのが小さかったら』(以上，岩波書店)，『飛ぶ教室』(偕成社)などがある．

口ひげが世界をすくう?!
ザラ・ミヒャエラ・オルロフスキー 作
ミヒャエル・ローハー 絵

2017年11月28日　第1刷発行
2024年4月5日　第4刷発行

訳　者　若松宣子《わかまつのりこ》

発行者　坂本政謙

発行所　株式会社 岩波書店
〒101-8002 東京都千代田区一ツ橋2-5-5
電話案内 03-5210-4000
https://www.iwanami.co.jp/

印刷・精興社　製本・牧製本

ISBN 978-4-00-116013-0　Printed in Japan
NDC 943　142 p.　22 cm

1980年代のひげ

2014年の
音楽コンテストの優勝者

ゆめのようなひげ
（1921年）

中《なか》つ国《くに》のひげのスタイル

ふうがわりな口ひげ（1938年）

大人気のあごひげ